香槟之城

一个弗里曼学者的美国记事

THE CITY OF CHAMPAIGN

A Freeman Fellow's Story in America

赵娟◎著

上海三联书店

致谢

美国弗里曼基金会

（Freeman Foundation）

美国伊利诺伊大学弗里曼学者项目

（Freeman Fellows Program，UIUC）

纪念

我的母亲刘尔端女士

献给

我的父亲赵兴祥先生

目　录

旅行篇

好外婆上天堂，好妈妈走四方（序）

写一篇文章，于我最难的是标题，每每遇此，简直是要揭我的老底，而我那小半瓶子醋，眼看着就要见天光。幸而这一次，捉襟见肘的我得遇母亲出手，江湖救急，方才藏了一点拙，得以行文下去。这样一个标题，套用的是那句脍炙人口的“好女孩上天堂，坏女孩走四方”。于母亲，这句话源自一本德国人写的女性励志读物；而于我，这句话来自中学时代看的玛丽苏小说——差距可见一斑。然而昔年玛丽苏的我今日竟想不出画风如此契合的标题，在我心里向来品味高冷的母亲却接了地气，这样一个小清新又温馨的标题顺道带着我回顾了一圈我的青春（期）。

若是在这二十几年的人生中妄谈平生之憾，首当其冲的便是从未有机会成为母亲的学生。有时私下里脑洞大开，总觉得母亲的很多学生应该是很羡慕我的，因为作为女儿，我“近水楼台先得月”，占有了母亲那样多的时间，有那样长的年月可以与母亲相处、跟随母亲学习，这样想来，一股自豪优越感油然而生。可是这样的骄傲转而教我惭愧不已，这些年来我并未懂得珍惜这样宝贵的机会，相处的时日多半消磨于琐碎的生活小事与争执里，反倒是长大了不在母亲身边，藉由每周一次的视频，才有一星半点的细碎时光，在与母亲的侃侃对谈、细细聆听里，体会她话语中的智慧光辉。

青春期的我一如同龄人般叛逆，彼时最大的喜好便是与母亲对着干，恨不能立刻展翅高飞，巴不得快快长大长成母亲的对立面，好对峙抗衡一决高下证明自己是对的。18 岁离家，海外求学洋洋洒洒自是交待出一篇驳杂的文。行文之余审阅自己这份稿件，却时常意外地发现字里行间莫不是与母亲相似的墨迹，登时一拍脑门，有一丝懊恼，更多的是庆幸。懊恼的是，都怪这地球竟是圆的，纵然百般折腾万般忤逆自以为南辕北辙自此成长轨迹与母亲的规划分道扬镳的我终究还是成了当初"最不愿意成为的那种人"，然恼于此亦幸于此，幸好地球是圆的，我跑了那么远并没有长到母亲的对立面去，而是兜兜转转回归了母亲当初教养我的性情，成为了当初"最不愿意成为的那种人"。相较于过去的执拗幼稚我更喜欢现在的自己，也愈发感激母亲对我从小到大的坚持与培养，如今我身上可容圈点的性情，莫不来自于母亲一早种下的因。得母如此，何其幸哉。

正式动笔写这篇序，是 2015 年的夏天。此前两年母亲早已几度向我约稿，拖延症晚期的我总以学业推脱，一路拖到完成学业，扛着不见得聪明但是快要"绝顶"的脑袋回家，避无可避。这样说并不是我不愿写，相反，母亲第一次向我约稿时，受宠若惊的我便跃跃欲试，却又心里没底，毕竟才疏学浅，又疏于中文阅读写作多时，只怕"掉"了母亲的"价"。然而承蒙母亲坚持鼓励，只好用这粗陋的秃笔，写一篇拙文，以贺母亲的佳作付梓。

这本书在善于归纳记取的读者眼里，于游记之外，更仿佛是一本感恩录：从写推荐信的师长，到新知旧友，从父母到亲邻，从 host family 到素不相识的公交车司机，在作者眼里，一切的人生际遇都值得感恩。假期回家，拉着母亲去逛先锋书店，路过五台山的一个有上百级台阶的高坡，母亲指着上方对我说，2008 年年初她申请去美国前,好友蒋叔叔帮助她准备材料,那一天是南京那年最冷的一天,她深一脚浅一脚地走在刺骨的风雪里,蒋叔叔就伫立在这长阶的尽头等她,把她需要的材料送给她。这件事在《上天有知》那一篇里着重提及,在此就不赘述了。我想说的是,我这些年来,从母亲身上学到的第一位的品格,就是感恩。母亲是永远记着别人的好,无论大小无论应不应该,都要加倍奉还的那种人,虽然这样的性情在今天的人眼里很"傻",但是母亲依然坚持,就好像她那些其他的与这个急功近利的浮躁时代格格不入的品性一样:诚恳、质朴、踏实、澹泊,严于律己宽以待人,永远为别人考虑得比自己多,等等。可以说,在我眼里,无论是妻子、女儿还是母亲的角色,母亲皆胜任有余,这也决定了母亲要多操好几份心,多生几丝华发。作为女儿的我,素来既羡慕向往,又心疼不已。

小时候总艳羡鲜花着锦烈火烹油的人生,高中时很不耐烦看巴金胡适,更不用说觉得傅雷家书简直多余矫情,认为他们语言太过平淡,没有跌宕的情节也没有华丽的辞藻,当真是年少轻狂方出此妄言。而今才知,最难到底便是寻常。恰似这本书,如一个普通读者一般欣赏其中的文理是一面,而另一面,作为女儿,我私心里窃以为这也是一本母亲写与我的家书。书里不仅仅写着旅行的见闻,每每读到许多文章的后半段格外让我惊喜。在那些文字里,仿佛母亲就在我身边,对我讲述家事,譬如她名字的由来,她童年的记忆,外公外婆年轻时候的故事,追根溯源外公祖上来自何地。这些往事有的我已知晓,有的亦是第一次听闻,于我,仿佛补上了那些年少时因着不耐烦在母亲身边而被我蹉跎的时光,以及在不经意间错过的亲情。世上从无后悔药,这样的一本书,至少给了懊悔不已的我一碗慰藉的汤剂。

母亲发初稿给我了之后,问我读后感,我是贯不愿表达自己情绪的，故而没有多说，只赞了几处精彩的地方。心里的感触其实很简单，木讷惯了的我却说不出口，只得于此处藉由这一篇序来言说：“我亲爱的母亲，看完这些文章，我最大的感受便是非常想你。很抱歉没有在你身边，没能同你经历这些；没有在生活中陪伴你，没能像其他在父母身边的孩子一样每天在你回家的时候听你把一天的见闻细细叙说，只能从书中想见那些你独自行走的时刻，从字里行间脑补你独自面对的风景。”在这一刻，我这个女儿相较于其他的读者们，并不具什么优越感，也和其他人一样，面对的只是一篇篇隽秀的文字而已。然而读到一些章节时的会心一笑，又让我觉得自己与母亲有着特殊的 connection。

说到笑，我与母亲，常有同样独特频率的笑点。譬如某次视频时，母亲提起外公对我的夸赞，我道：“不过是因着我是他外孙女，才着口多赞几句。”作为一个文学储备当段子手简直绰绰有余的母亲立即接了句：“哪里的话，瞧你‘这通身的气派竟不像老祖宗的外孙女儿，竟是个嫡亲的孙女儿。’”言罢母女二人隔着一汪太平洋朗声大笑，笑着笑着母亲突然停下来，颇有些懊恼地说：“唉，还是你懂我，我跟他们说，他们都不笑的。”曲高而和寡，是母亲，亦是我，在面对这个世界时常格格不入时给自己的解释，这样的孤独感，母亲或许体会得更切。所谓“皎皎者易污，峣峣者易折”，面对这个世界汲汲攘攘的洪流，始终坚守自己心中那一方天地，不啻于人生第一难事。

美国著名天文学家 Carl Sagan 教授在 1980 年代拍摄的电视纪录片 *Cosmos* 中，最早提出了一个很有意思的概念去诠释宇宙：“如果整个儿宇宙的历史用一年来比拟，那么大爆炸作为宇宙开端是 1 月 1 日，银河系诞生是 5 月 1 日，地球诞生是 9 月 14 日，大气层的出现是 12 月 1 日，侏罗纪时代是 12 月 27 日，说了这么多，那人类呢？那我们必须挤到 12 月 31 日那天了，最早的人类是晚上 10:30 出现的。你说古埃及文明？11:59:50 p.m. 公元元年？11:59:56 p.m. 文艺复兴？11:59:59 p.m. 而科学进步科技昌明到如今这个世代，不过是这本宇宙年历上新一年的第一秒而已。”苏东坡曾经“哀吾生之须臾，羡长江之无穷”。这样看来，连这看似恒定无穷尽的山河也不过是历史的一瞬而已。更不消说与我们看似恒定的山河相比，“人生到处知何似，应似飞鸿踏雪泥。”这样的论调极易让人横生沮丧与孤独，我们不由迷惘，既然宇宙洪荒里人类的文明都只是一颗沙砾，而各自人生百年更是疾如过隙，那么我们存在的意义究竟在哪里？

很早以前，我在读完刘禹锡那句“人生几回伤往事，山形依旧枕寒流”的时候，就困惑地问过母亲这个问题，母亲给我的答案依然声声在耳：人的一生，创造出的最有价值的东西，不是名利权势，而是思想，这是唯一有价值有意义的，百年甚至千年之后，这是唯一能够留存下来的——这也是我坚持坐冷板凳，不去追名逐利而是脚踏实地做学问的原因——我希望我做的一切都有意义，如果能为人类思想文明尽绵薄之力，也算是不枉此生。时至今日，与母亲侃侃而谈的时候她依然时常用这番话对我耳提面命。每每听她说出这番话时，是我最敬仰母亲的时刻，仿佛看到她身上在发光。我想，正是母亲这样星星点点之辉，才组成了人类思想文明史上璀璨不灭的光芒。

回到这本书上来，与其说是一本美国见闻，不如说是一卷人生行记。不仅仅是从一个中国人的眼中看美国，也不仅仅是站在美利坚的土地上回望中国，更是站在浩渺的时空里，仰观俯察，古与今，己与人，对世界的感悟，对人性的体会，对文化的理解，对历史的反思，还有对亲情的诠释，如同一盏散发柔和光芒的床头灯，不明亮也不耀眼，却静静地陪伴着你走过一幕幕沉夜。

写到这儿，依然对标题的前半部分迟迟不提，大约是因为，于我，于母亲，那都是迄今为止最深切的伤痛。我的外婆，在我的记忆里，无论是年幼纯真的时光里，还是长大知晓世事的现在，都是一个纯粹的好人，是我这一生见过的从来没有过错的最温柔最好的人。哪怕长大的我知道世界不是非黑即白，人不能简单粗暴地按好坏来区分，我依然固执地认为，我的外婆是一个纯然的好人。而现在，因为外婆的离去，即便再多的理智试图说服情感说“人无完人即便再爱一个人也不能全然下这样的定论”又如何？理性连证明感性的自己有偏差的机会也无，这样的印象已然是一辈子也抹不去了。

其实从小到大，我与外婆相处的时光并不多，而且随着年纪的增长学业的忙碌便越发少了。小时候，外婆对于我来说，等于童年，因为外婆家远在徐州，每年只有暑假的时候在南京上学的我才能去外婆家住上一阵。也只有在外婆家的时候，我可以从繁重的学业和各种课外小灶里解脱出来，除却每天写作业练琴，便是唯一称得上是“童年”的时光——跟年纪相仿的表姐一起偷懒耍滑，跟外公下棋，陪外婆买菜，听外公讲三国的故事，吃外婆包的饺子和韭菜饼，自豪满满地穿着外婆用缝纫机一针一针给我裁剪得正正好的衣服跟院子里的小伙伴打闹玩耍。不管是在外婆家还是在自己家，每每犯错被母亲严厉训斥的时候，只要外婆在，总会来护着我。回忆里外婆从来没有对任何人发过脾气，顶多偶尔唠叨外公几句，永远都是不紧不慢温柔和气的模样。小时候总觉得母亲风风火火雷厉风行的急脾气哪里有一点像外婆，而今，母亲越发慈眉善目起来，隐约看到外婆的影子，外婆却看不到影子了。现在回想起来，我小时候说过的最残忍最不懂事最令母亲伤心的两句话，一句是“我是你亲生的吗?”，而另一句是“你是外婆亲生的吗?”。

略长大的时候，去外婆家，外婆会开始教我一些简单的烹饪和缝纫的知识，会给我讲女孩子应该怎样注意仪表姿态，如何迈步，如何穿衣，等等。我在一个中国传统女性身上可以得见的所有美德与工容，外婆都一一教授予我，在我眼里，外婆俨然是她的那个时代大家闺秀的典范，无论是外在的仪态还是内心的品性。十八岁时离家远渡重洋，一两年只得回家一次，相处的时机越发少了，来自外婆的爱转而变得遥远而沉敛。逢年过节打电话去外婆家，外婆与外公总是怕浪费我电话费，数着秒跟我说话，每一次电话都是我们安好你且放心好好照顾自己，便不由分说催促我挂电话。虽然每每跟他们解释，网络电话并不贵，他们依然把他们的记挂担忧收起来，只余一声安好便促我专心忙自己的学业，不愿占用我哪怕一点点额外的时间，生怕成为我额外的负担。

从外婆到母亲到我都是心思重的人，故而家里人因为担心影响我学业，外婆罹病去世的消息，并没有立即告知我。我真正知道，是外婆去世大半年时，从别处得知，也知晓了家里人不告诉我的缘由，那之前心里虽有所疑忧却不敢惊扰家里的平静，于是只得继续作不知，逢年过节再也不敢往外婆家里打电话，每每和父母视频的时候都不敢问及。真正确定了心中的隐忧，并没有怪家里人不告诉我，因为他们的担忧是正确的，得知消息的一个月里，我整个人都在悔恨自责与不忿中无法自拔，甚至一度因为抑郁求助心理医生。那是我人生中最晦暗的一段时光，一面学业吃紧，另一面始终无法面对外婆的过世，连自己以前觉得无论感性理性都坚不可摧的信仰也被我一遍遍怀疑，一度质问上帝，你真的存在吗？你不是最公平的吗？为什么要带走我的外婆，她是这样好的一个人。每每视频面对母亲关切的面庞，都强忍着不哭出来强忍着不问她

“你一个人怎么撑得住?”因为我知晓,母亲害怕我心思重而影响学业,然而母亲只有比我心思更重,比我背负更多的疼痛与苦楚,更不用说已在天堂的外婆,我完全无法想象她们所承受的是怎样的折磨。这大约便是我们祖孙三代表达爱的方式,凡事总是第一站在对方的角度着想,努力把所有的痛苦揽在自己身上,以最善意的谎言让对方安心,只为最大程度地减轻对方的负担,隐忍而深沉。

于是那段时光之后,我一面知道母亲担心我知道所以不让我知道,所以没有开口问一个字只作不知道,继续让母亲觉得我不知道我知道的,这样她觉得我可以安心她便可以安心——这看似绕口令的迂回曲折,是我与母亲给彼此的一份心安;另一面,压下心底的痛苦,把之前耽搁的课业补上,只待学成回去陪伴母亲身边分担她的苦痛。当我因为种种原因,2015 年的暑假才回了国的时候,面前只余一抔黄土,此时我才在压抑不住的悲痛中真正懂得,什么是“子欲养而亲不待”。归家的我在面对母亲哭泣的陈述中抱着母亲不住地哭喊“婆婆这么好的人,凭什么凭什么凭什么!”,而母亲能给我也是给她自己最好的安慰与解答便是——无论有没有信仰,我们都要相信,外婆去了天堂。那之后,我便不再轻易激动哭喊,因为我知道,我每一次的情绪,都无异于加深一次母亲的创痛,无异于让天堂里的外婆多一声叹息。

外婆教会我温良恭俭让,母亲教会我仁义礼智信,更重要的是,她们作为我生命里最敬和最爱的两个女人,给予了我也给予了彼此最深切温柔无私的爱与最宝贵的年华。好外婆上天堂,好妈妈走四方。在母亲笔下,尘封于岁月时光里的传奇往事,巧溶于寻常生活里的情义规则,熔铸于各异面孔后的文化历史,隐没于微末处的真知卓识,皆从书中娓娓道来。这当今的世代,交通便捷,技术发达,让人不由感慨,天涯若比邻,何处是故乡。白头总如新,倾盖难如故。世界变小了，人心却更易流离，许多人看过了愈发多的风景，愈难找到自己。然而母亲却逆流而行之。这本散文集，看似散于形，然却凝于神，且细看，在这万花筒的另一端，蓦然是一颗从未失落的赤子之心。母亲在那篇《服饰与时代》中提及过一句诗——“走得最急的，都是最美的时光”，希望诸君在这本书里，走得不要那么急，跟随作者一起，施施而行，漫漫而游，静静体味这最美的时光。

子沐（作者之女）

2016 年初于多伦多

项目篇『上』

上天有知

2008年1月28日上午,南京大雪,天寒地冻。我走在大街上,鞋子已经湿透,但没有停下脚步,任北风凛冽,雨雪肆虐,举步维艰,因为此行的目的是完成申请美国伊利诺伊大学香槟校区(University of Illinois at Urban-Champaign)弗里曼学者项目(Freeman Fellows Program)所需要的材料。

去美国访问是我多年以来的愿望,却一直没有机会。学校关于出国项目的程序要求是:先在各院系申请,然后由院系把名单上报到学校,由学校确定最终申请人选。如果有一个以上的申请者,必须在院系“排名”。从以往申请一些项目的情况来看,我在院里一般都会被排在最后一名或者倒数一、二名,所以根本没有指望被送到学校去。这一次对申请人限定的条件是:博士、教授,按照惯例,也是要先在院系排名的,显然我又是倒数第一,不过,奇怪的是,竟然没有被“刷下来”。直到查收了来自学校对外交流处的群发邮件,我才知道,此次学校确定了四名申请者,我是其中之一。这无疑是一个重大利好消息:每个申请人的机会是平等的。我不知道对于其他人来说,这次申请意味着什么,但对我而言,说是“千载难逢”也许并不为过。我一下子来了精神,感觉到从未有过的尊严和自信,同时被竞争的冲动和意识所驱使:我必须拼尽全力,即便不成功，也不遗憾。我抬头望着天空，灰蒙蒙的一片，冰冷的雪花刺痛我的面颊，上天能看到一个微不足道的人在这里挣扎吗？我问自己，也问天空。

好朋友蒋大兴教授伸出了援助之手。申请需要准备不少材料，英文学术简历、研究计划、推荐信等，一样都不能马虎。申请之初，我找到大兴教授，请他帮忙出主意，他把自己以前申请用的英文简历和研究计划发给我参考，告诉我如何突出自己的研究优势和学术背景，并跟我商量确定合适的推荐人，然后分别请他们写推荐信。事实证明，他的建议非常合理和明智。此刻，为了帮助我完成一份材料，他在风雪中伫立等待，在看到他的一瞬间，我的鼻子有些酸楚，我知道这是我一生的朋友。

同样伫立在风雪中的还有任东来教授。他是我景仰和尊重的师长，著名美国史专家，欣然同意做我的推荐人，为我写好了满是肯定和溢美之词的推荐信，顶着大雪站在他家小区的大门口等着我去拿。他鼓励我要对自己有信心，我十分感动，也特别感激，在我心中，他的微笑和身影永久定格在了风雪之中，那是他为我——一个学术上的后生——留下的温暖和光明。

我不禁感慨：2008 年初的南京，遭遇了几十年来罕见的寒冷天气，为了心中的理想和目标，我能够忍受这样的刺骨寒风，可他们为了什么呢？在这个虚浮的世界上，又有谁会为你伫立在风雪之中？我想，我是幸运的，他们是少有的恳挚之人，是我学术生涯中的贵人。

在收到伊大邀请信的那一刻，我相信，一定是上天看到了我的努力和坚持，也看到了帮助我的师友们的真诚与付出。

中国口音与美国口音

Anne Prescott 女士是伊利诺伊大学东亚与太平洋研究中心(The Center for East Asia and Pacific Studies,该中心是 Freeman Fellows Program 的主管机构)的副主任,她的友善令我印象深刻,并且对她一直心存感激。如果说缘分就是毫无理由的机遇,我相信,这样的机遇完全仰赖其中的人及其态度。

到伊大后,项目为每个学者(Freeman Fellow)申请了学校的办公电子邮箱,大家收到的第一封邮件来自 Anne,她的邮件的主题(Subject)是"another test",信的大意是这封邮件意在检测大家的电子邮箱是否已经可以正常工作,如果可以收到她的邮件,请让她知道。这个主题是别具匠心的,因为每位能够来到这里的 Freeman Fellow,都是在事先经过了测试(test)的,虽然不能用"过五关、斩六将"这样严重的词,却也都是着实花费了一番气力的,PK 掉同批次的申请者是事实,自然是"记忆犹新"。所以,Anne 的用词既巧妙又幽默。

老实说,我起初并没有对这次申请抱太大希望。我只是被学校推荐的四名候选人之一,谁会相信幸运之神降临到我的头上呢?来自伊大的第一封邮件告诉我,我从 37 名申请者中"脱颖而出",成为进入到第二轮面试的 15 人之一,这让我喜出望外。竟然有机会面试！虽说最后录取是 9 个人，即还会被淘汰掉 6 个人，但也足以让我开心了。好好加油！每天看英语、读英语、说英语，和正在读高三的女儿用英语对话，让她帮助纠正发音。女儿总说我的发音不准确，需要好好练习，不过，快到面试的前两天，女儿开始表扬我，说我发音进步很大，越来越有“语感”了，大有希望。哈哈，把我平日鼓励她的话，拿来鼓励我了，这样的善意是我从 18 岁女儿身上第一次体会到，很是感动：女儿长大了。

终于，面试的日期到了。尽管事前做了充分准备，还是临时出了状况：Skype 的对话系统不能工作，只能相互看到对方，听不到对方的声音，这让本来就紧张的我，更加手足无措。一番“对话框”的文字沟通后，确定用电话来对话，就这样，一手拿着电话听筒，一边看着视频中的对方“开讲”。先出来了一位 60 多岁的白人老太太，自称“Emily”，就是写信给我的项目主管 Emily Lewis 女士，很是慈祥，问了几个简单的问题，比如是第一次来美国吗、是不是和家人一起来，等等。接着就是 Anne——东亚中心副主任进行正式面试。我第一次知道，在电话里介绍自己，地道的说法是“This is XX”，而不是“I am XX”。简单寒暄之后，步入正题，她说起她对南大的访问，南大校园的美丽，现在的天气，等等，接着问我的打算，有哪些想法。我说，我有两个方面的考虑，一个是进一步进行我的课题研究，伊大会提供良好的研究条件，如此这般。因为之前知道面试内容不涉及自己的专业，只就英语的沟通能力进行测试，所以，我马上又说，另外一个就是提升我的英语口语水平，就像你现在听到的，我的英语带有浓重的中国口音。没想到，Anne 马上说：我的英语带有美国口音。她的话，让我一下子放松下来，天哪，美国人可以这么友善吗？我紧张的情绪立刻得到了舒缓，说话也从容、流利了许多。谈了将近半个小时，Anne 笑眯眯地问我：现在你可以问我问题了,有什么要问的吗?我说没有问题,然后就相互告别,Anne 说了一句:请等我们的通知,希望能够在伊大见到你。我表示了感谢,面试结束了。

后来跟我的 Freeman 同事们说起面试,才知道几乎每个人都有自己的故事,有惊险的,有平和的,有从容的,有窘迫的。像我这样,网络出问题只看到对方而对不了话只能改为打电话的情况,唯我一个。不少人都问 Anne:“什么时候才能收到通知呢?”我竟然没有想到要问这个问题,哈,太傻,也太紧张了。

Anne,你现在一切都好吗?

无缘无故的爱

2008 年 8 月 23 日，项目全体学者的第一次 Presentation 如期举行，每个人需要介绍自己的专业和此次来美访问的研究计划。当然，也可以说点别的。

我的 Freeman 同事们，分别来自北京大学、中国人民大学等八所大学的不同专业，比如英美文学、中国文学、教育学、经济学、新闻学、信息管理学、国际关系学，他们的理论研究非常出色，大都发表了很多著述，有的是自己研究领域的佼佼者或者后起之秀，学术实力不可小觑，不少同事之前都有过国外留学或者访问的经历，第一次出国的可能就我一个。世界很大，牛人很多，在他们中间，我觉得自己一点也不突出，这让我更加珍惜眼下的时光。

大家都介绍了各自的研究。同事 Mike（来自西南大学，专业是教育学）论及的大学捐赠（Donations to the University）问题给我留下深刻印象。他说，以前，他经常听到一句话叫做：天上掉不下馅饼，天下没有免费的午餐。现在，他觉得这句话不完全正确，因为，到处都有免费的馅饼。在我看来，Mike 的意思或许可以用"无缘无故的爱"来表示。

对于我们这一群 Freeman Fellows 来说，能够有机会来这里学习和研究，是直接受惠于弗里曼基金会即 Freeman Foundation

的无偿经济资助。美国 Freeman Foundation 是以 Freeman 先生个人名义创设的民间基金会,伊大的弗里曼学者项目 Freeman Fellows Program 是基金会的项目之一,主旨在于促进中美之间的文化交流,对中国大陆十几所高校从事人文研究和社科研究的教师开放,通过"原学校推荐+伊大考核选拔"的程序确定人选,提供研究资助。十多年来,一批又一批中国学者来美国交流,并在学成后回国服务。我们与 Freeman 先生素昧平生,没有任何关联,却可以得到机会,岂不就是天上掉下的馅饼?

根据 Emily 的介绍,基金会创始人 Freeman 先生曾经于 20 世纪上半叶在中国生活过。或许正是早年那段生活经历,让他决定将基金无偿用于资助中国大学的学术发展,至今已惠及上百名大陆学人。我想,Freeman 先生对中国一定是有感情的,如果他的慈善基金是对于中国的馈赠,那么,我们这些得到眷顾的中国学者无疑就是其中的直接受益者。在他,愿意资助表达了对中国的情意;在我们,受到资助正是收获了无缘无故的爱。一直以来,我都对伊大的这个项目心存感恩,也对 Freeman 先生充满敬意。

按照姓氏的英文字母顺序,我是最后一个报告自己情况的。我的选题是 Commercial Speech(商业言论),属于宪法学领域言论自由的范畴,准备在我的博士论文基础上进行拓展性研究。和许多同事一样,我也提前准备了英文 PPT,一边演示,一边介绍,力求说得清晰、明白。同事 Edward(来自中山大学,专业是国际关系学)在一旁不时帮衬着,在几个问题点上提出自己的看法,颇具专业水准地评论说这个研究很有意思。我惊讶于他对法律的敏感和视野的开阔,毕竟他的专业是国际关系学,不是法学,也十分钦佩他的英文的流利和地道,几乎对我们每个人的报告内容都能够进行有益的点评,法学专业词汇也难不倒他。他的经验让我觉得来美国无论是读书还是访问，GRE 都应该是必考的。报告结束后，他给了我一个建议：可以把 PPT 做得更有趣、更丰富一点，太单调了会影响效果。我想，他是要告诉我，其实法律或者法学也可以是多彩的、活泼的，而我的 PPT，除了有关电视广告的内容，其他的基本上都是“黑白片”，确实不够“炫酷”。很感谢 Edward！

笃实的神父

Joe Peacock 先生是一位专职神父,大学毕业后就投身于宗教事业,前后已近六十年。妻子 Joyce 与他志同道合,他们的生活相对简单甚至可以称之为清苦,却在坚持、坚守中成就了高尚的人格和丰富的精神世界。Joe 和 Joyce 是 Freeman Fellows Program 的长期支持者和参与者,为项目做出了重大贡献,Freeman 项目的成功开展在很大程度上得益于他们的无私帮助。

项目的活动之一是跨文化交流(cross cultural conversations)。项目学者到美国家庭去访谈,与主人对话,每次交流都事先确定一个主题,比如中美大学目标、城市规划、家庭教育等,通过交谈,促进学者与美国家庭各自对彼此国家不同点与相同点的认识,了解中美文化的特点,提升相互理解的程度。Joe 负责安排了全部的跨文化交流访谈活动,从确定主题到落实访谈家庭再到具体时间,事无巨细,倾注了大量的时间和精力。

项目的另外一个重要活动是每个学者与自己的美国主人家庭(host family)之间的交往和交流。许多年来,Joe 不厌其烦地在香槟社区的居民中做细致的思想工作,请求和说服一些家庭愿意接受 Freeman 学者,从而成为"一对一"的固定关系。不仅如此,在确定学者与家庭之间的联系时,Joe 会考虑学者的专业、年龄、性别等方面的相关因素，反复琢磨和推敲，努力为每个学者都找到“匹配”的主人家庭，使得彼此之间的共同话题更多，让我们跟主人家庭之间的相处更融洽、和谐。

上面两项活动是 Freeman 项目的核心内容，构成了达致和实现项目主旨的途径。用 Emily 的话说，没有了这两项文化体验活动，Freeman 项目是不可想象的。我的理解是，如果没有它们，Freeman 项目就不再是 Freeman 项目。因此，Joe 功不可没。

当然，项目还安排了其他活动，比如，固定每周一次的专题研讨会，一般是邀请伊大一位教授先做报告，大家再就报告进行讨论，报告主题涉及政治、经济、法律、文学、历史等诸多领域。此外，还有外出参观、田野考察、不定期讲座等。有些是要求所有项目成员都必须参加的，有些是自愿参加的。每位成员还可以旁听自己的专业课程和其他感兴趣的课程，但不可以获得学分。在作为 Freeman 学者的一年时间里，我一共旁听了 8 门课程。

我跟 Joe 见面的次数比较多，除了项目的集体活动之外，我还经常在我的 host family 家里——准确地说，是我的美国主人家庭之一即 Forrest 教授家里——遇到他，他和 Forrest 一家是好邻居好朋友。以前，我从没有接触过神职人员，对他们的认识基本上都是来自于小说和影视作品所塑造的形象。Joe 是我认识的第一位神父，我十分尊重他。Joe 衣着简朴、整洁，声音总是那么温和、低沉，无论在什么样的场合，从未听过他旁若无人地高谈阔论，而总是涓涓细流般得娓娓道来，一如他慈爱、睿智、坚定的目光，他让我相信一个为天父工作的人的诚笃、敦厚、亲和，也让我对信仰的力量肃然起敬。

关于信仰，我女儿读大学一年级的时候跟我讨论过，她听了一些关于基督教的讲座，觉得很有道理，问我是否可以信。我说，信仰自由，你已经成年，可以自己做决定。你知道了自己应该信点什么，是件好事，总比每天糊里糊涂地过日子好。不管信什么，上帝也好，释迦牟尼也好，太上老君也好，等等，其目的或作用只在于一条：你希望或者愿意用某种规则来要求自己、约束自己，不去做妄事。因为你知道，如果那样做，你会受到自己良知的谴责，会内心不安，会受到良心的惩罚，所以，你就会对自己和他人有责任心，相反，你可以不受任何控制和约束，你就可能为所欲为。当你去教堂礼拜，或在神龛前下跪，或对某个标志顶礼膜拜，或以任何方式沉思的时候，事实上，你是在反思自己、检讨自己：我有哪些行为不符合要求？不完美？没有做好？不管是什么人，如果缺少了这种反思和自省，那么，他的人生很可能是堪忧的。

初见导师尤伦

项目为每个学者配备了一位专业上的搭档，Faculty Partner。搭档完全是义务性的，项目不支付他们报酬，唯一的前提是他们同意接受我们，从而成为搭档。我的 Partner 是法学院大名鼎鼎的尤伦（Thomas S. Ulen）教授，以尤伦教授的学术地位和影响，绝对应该是我的导师，Faculty Mentor。我对他十分敬重。

我最初知道尤伦教授的名字，是在十年前。当时读了最早的中文版《法和经济学》一书，那是尤伦教授和加州大学考克教授的合作成果，来美后对他有了更多的了解。尤伦教授是美国法经济学领域的领军人物，有“法经济学的祖父”之称，是美国法经济学研究的最早倡导者、推动者和积极参加者之一。他 1946 年生于美国印第安那州首府印第安那帕利斯的一个律师家庭，先后就读于美国达特茅斯学院、英国牛津大学、美国斯坦福大学，分别获得文学士学位、文科硕士学位、经济学博士学位。尤伦教授在伊利诺伊大学任教 31 年，为法学教授和经济系兼职教授，可谓桃李满天下，享有伊大的最高捐赠教席之一 Swanlund 教席，其声名远播英国、法国、德国、比利时、中国等国家，是一位誉满国际学术界的著名法学家。他著述丰厚，其著述在法经济学学科的引证率位居英文文献前十名，代表作有《法和经济学》、《认知、理性与法律》和《环境政策的基础》,其中,《法和经济学》一书已被翻译成中文、日文、西班牙文、韩文、法文和俄文等文字。

这样一位大牌教授一定很难沟通吧?在见他之前,我很是踌躇。通过 Email 确定了见面时间和地点后,我既激动又紧张。见面后发现,教授十分和气,一直面带微笑,或许是考虑到我刚到美国不久,语言还不熟练,教授就把语速放慢,每个词都清晰、明了,以便我能够比较容易听懂他的话。他主要询问了专业、计划、家庭情况,我都一一做答,他也简单介绍了自己,他希望我在伊大的一年可以有所收获,并愿意为我提供学习和研究上的支持和帮助,有什么问题,可以随时跟他联系。教授还特别问起我的名字"娟"的中文意思,这让我绷紧的神经放松了不少,也觉得有话可说,想不到他是很有人情味的。

事实上,教授的人情味在之前的邮件中就显现出来了。他担心我认不出他,特意发来邮件,告诉我可以在法学院的网页上看到他的简介和照片,并附上了具体的网址链接,最后还不忘记交代一句:我现在蓄留了胡子。他不知道,为了准确起见,也是为了避免见面时可能的尴尬,我已经提前悄悄地看过他一次。我专门去听了周二上午的 Empirical Methods in Law 课程,这门课由尤伦教授和另外两位教授共同讲授。因为是第一次课,三位教授同时到了教室,一起向大家介绍课程,我坐在黑压压的学生中间,看到了尤伦教授。站在讲台上的他,身材伟岸、挺拔,花白的头发梳理得整齐、自然,戴一副近视眼镜,身着白色衬衫和米色西裤,双手浅浅地插在裤兜里,讲课的声音温和、饱满,非常好听,谈吐间一派大家风度。他没有发现我,或者更准确地说,即便看见了我,也不知道我是谁。我实在是个 nobody,是的,这是我来到伊大后才有的自知之明,以前总觉得自己或许是个 somebody,见识了伊大的学术,了解了伊大的学问后，终于知道为什么智者会告诫众生：谦逊，真的不是美德，而是我们面对世界应有的态度。对我来说，来美后的第一课，我学到的就是“I am nobody”。不过，小人物也有好处，就是不扎眼，可以安静地躲在一个角落里，不发出任何声音，也不引起别人的注意。当然，这一番“前战”，我在见面时没有跟教授提起。

我感到自己特别的幸运：能有这样一位学识渊博、德高望重的导师，而且，他是如此的随和与亲切。

土著狂欢节

2008 年 9 月 6 日，星期六，项目安排我们去印第安那州(Indiana)旅行。

本次活动有两项内容，一是参观位于州府 Indianapolis 的博物馆(Eiteljorg Museum of American Indians and Western Art)，二是参加在印州的一个小城 Anderson 举行的印第安人部落庆祝活动(Native American Powwow and Tribal Celebration)。

博物馆的规模不小，上下两层，通过实物、照片、文字等形式，直观地介绍和展示了印第安人以及西部有特色的文化艺术，主题十分鲜明，就连楼梯处也被精心装饰过，楼梯旁边一根直立的木头柱子上，雕刻着一个接一个的人物，夸张的表情和色彩，有点像印第安人的图腾。不知道为什么，大家对一辆驿站马车特别感兴趣，轮流在跟前照相。Linda(来自中国人民大学，专业是中国文学)将马车旁边一个木制的水桶倒着举在了左肩上，摆出世界名画《泉》的造型，身姿相当婀娜，好一个漂亮的模仿秀。在博物馆的纪念品商店，出售着带有印第安人或者西部风格的物品。Sam(来自北京大学，专业是信息管理)在卖帽子的柜台上伫足，拿起一顶戴在头上，还不忘配上一副墨镜，哈，活脱脱一个西部牛仔，只是墨镜一戴似乎增加了点“匪气”。无论如何，是条汉子。

在 Anderson 的活动地点是一片开阔的露天草地，四周用绳子围起来，成为一个独立的空间。临时搭起的帐篷依次排开，很像是一个乡村集市，又是游乐场所，吃的、玩的都有，人流穿梭，秩序井然，热闹非常。在草地上，摆着不同的摊位，出售各种各样的传统工艺品，具有鲜明的印第安人特色，还有现场加工的，当然都是手工制作的，不用机器，边生产边销售。Margaret（来自厦门大学，专业是英美文学）和我都挑了几个银制的戒指，戴在手上，非常有个性，摊主的服务很周到，可以根据买主手指头的粗细压缩或者扩展指环的大小。

最有意思的经历是加入到印第安人的狂欢队伍中。Powwow 这个词，有人翻译成“帕瓦节”，当然，就音译而言是准确的，不过，没有传达出其实质内涵，我觉得意译成“舞蹈狂欢节”也是可以的，因为这个节的主要内容就是以舞蹈为形式的集体活动，节奏欢快，奔放热烈。舞蹈的主角是盛装的印第安人，他们的服饰十分醒目，颜色鲜艳的长长的袍子，分成了上下几个节段，袍子边上的流苏盘旋婆娑，充满动感，身上还披挂着形状各异、长短不一的饰品，头上的帽子也装饰了羽毛，高高竖起，随风飘浮。在草地的中央，空出专门的场地来举行集体舞，大约 100 人的队伍，绝大多数是印第安人，也有其他人，大家围成一圈，前后接龙，一边唱歌，一边跳舞。我很快就被他们的快乐所感染，片刻踌躇之后，手舞足蹈地跟进了人群，我看到 Linda 和 Feng（来自西北大学，专业是经济学）也加入了进来。我听不懂人群到底唱的是什么内容，也不知道跳的舞是什么意思，其实，根本不需要了解那么多，只要笑着、跳着、叫着，就够了。快乐就是这么简单。

David（来自复旦大学，专业是新闻学）周到地为狂欢队伍里的我们拍照，帮大家记录下这欢快的时刻。确实，快乐也是需要被留存的,这一天、这一秒、这番景象、这种心情,转瞬即逝,或许只有镜头才能留住。他不愧是新闻学出身,摄影技术就是非同一般,完全是职业水准,他镜头下的盛装的印第安人,每一张都丰富而饱满,人物表情、姿态和色彩、光线都把握得十分到位,看了他这些信手而拍的作品,你一定会以为那是画报上的图片。

我有一个梦想

“我有一个梦想”，是马丁·路德·金(Martin Luther King)博士著名演说词的篇名。金博士1929年出生于纽约市的一个黑人家庭，后来成为基督教新教教会牧师，作为一位民权领袖，他反对针对黑人的歧视，多次组织非暴力抗议与和平集会游行，推进了美国社会的平等进程，1968年遇刺身亡。每年的1月19日是美国的一个固定节日：马丁·路德·金青少年节(Martin Luther King, Junior Day)，以纪念这位毕生为平等而奋斗的战士。金博士1964年获得诺贝尔和平奖，其短暂而辉煌的一生令人尊重，他的这句梦想之语已经成为对于平等追求的标志性表述。

平等是几代美国黑人的梦想。平等意味着“处境类似的人获得类似待遇，处境不同的人可以甚至应该区别对待”。但是，“区别对待”必须是合理的，也就是说，当你把人群进行归类进而区别对待的时候，你的归类标准必须是合理的，一个人不能够仅仅因为自己是黑人而受到区别对待，正如金博士所言：我梦想有一天，人们不再以肤色而是以品行来衡量一个人。在本质意义上，平等与尊严相关，歧视会对人造成内在的心理伤害，所以，1948年《世界人权宣言》第1条宣布：人人生而自由，并在尊严和权利上一律平等。

然而,实现平等的路途曲折而漫长。在争取平等的历史上,有不少人留下了自己的印迹,他们有的像金博士这样广为人们知晓,有的则默默无闻,甚至根本名不见经传。根据历史学家的新近研究,美国第一任总统华盛顿战功显赫、政绩卓著,却是一位顽固的蓄奴者,在对待黑奴问题上,态度和立场十分保守。他的种植园里有大量的黑奴工作,有一天,一位年轻女性黑奴伺机逃离了,进而向总统提出获得自由的要求,总统以不得与其留在种植园的孩子见面为条件答应给她自由,她没有同意这个苛刻的条件,并要求与总统进行谈判。她或许是平等问题上最大胆的斗争者,敢直接跟总统叫板。后来,总统在临终前对他的奴隶签署了自由证书,但附加了一个条件:只有等总统的妻子去世后,这个证书才能生效。他的妻子害怕奴隶们因为想要获得自由而加害于她,很快就主动宣布了证书生效。

当然,即便是到了21世纪的今天,我们也不能够说平等问题在美国已经得到彻底解决,尽管在宪法和法律层面,平等早已成为确定的原则。社会变革与政治变革(或者法律变革)之间总是存在某种张力甚至是落差,从制度到现实需要实践,也需要时间。不过,有一点是确定的:没有任何人可以阻挡或者说可以长时间地阻挡平等的脚步。

2008年9月,我们参观了位于香槟的一所以金的名字命名的小学,Martin Luther King JR Elementary School,校长Williams博士接待了我们,并介绍了学校的基本情况。在学校一面醒目的墙上画着色彩斑斓、人物生动的壁画,也写着大家熟悉的名言:我有一个梦想。

得与失

在美国,2000年布什与戈尔的总统之争堪称宪法历史上的世纪判决。小布什自然是赢家,不过,戈尔也未必全输了。

小布什总统的运气不怎么好。上台伊始即碰到了9·11,反恐成了其任内的首要工作,付出了比任何一个"太平总统"都要多的努力,结果却是众所周知:国会中反对的声音从未断绝,最高法院对其关押战俘行为的合宪性也提出了质疑,更是遭到了民间的"差评"。当了多年总统,在各种重要场合出现时,几乎总是一脸的倦怠和疲惫,至于被外国记者扔鞋子,虽算不上家常便饭,对他来说也似乎并不是什么新奇之事,好在他反应迅捷,没有因为躲闪不及而被破了相。作为一位政治家,倒霉如他这般的,也可以说是"透顶"了。

没有办法,他是总统,必须面对一切的不如意、危机,甚至灾难。或许在刚刚当选时,他并没有预见到自己当选之后的种种遭际。当联邦最高法院推翻了佛罗里达州最高法院关于重新计票的决定,布什即在事实上成了当选总统,也等于宣布了戈尔在选举中败北。很有意思的是,一切尘埃落定之后,佛州进行了票数清点,结果还是布什的票多于戈尔的票。有人据此认为,如果最高法院允许佛州重新计票,然后公布实际得票情况,可以让戈尔输得心服口服,也会消除小布什胜之不武的嫌疑。当然,这只能是一厢情愿的良善愿望。

历史从来不会被假定。最高法院的决定就这样作出了,而且一经作出即发生效力。戈尔在第一时间向小布什表示祝贺,小布什在感谢戈尔祝贺的同时,相当高调又诚恳地说,我是当选的美国总统,不是共和党总统。可以说,在这一刻,最大的胜利者是法治。这一事实向世人展示了一个宪政国家的秩序与规则:民主受制于法治,民主过程的所有当事人都必须尊重法律,服从法治,不管法院的决定是否有利于自己。这也是为什么小布什总统在第一个任期的就职演说中特别强调:在美国,权力的和平交接是历史的成就和传统,是美国民主和法治的重要标志。确实,国家权力的和平交接是一个社会在政治上成熟的特征之一。

正是在这样的社会,戈尔才不会是成王败寇中的寇。他可以从事自己热爱的事业,追求自己的梦想。丝毫不会因为选举的失败而受到任何歧视或者排斥,日子照样过得很滋润、很自在。2008年9月11日,在尤伦教授的全球变暖之法经济学分析课上,我观看过一部关于环境问题的专题影片,戈尔是片中的主角。他特别关注环境,并在这个领域做了大量工作,曾与联合国政府间气候变化专门委员会一起,因关心全球气候变化的贡献共同获得2007年诺贝尔和平奖。他经常到一些国家进行环境调查研究(也来过中国),参加相关的辩论和会议,发表演讲。他思维敏捷,口才出众,气宇轩昂,活力四射,看上去要比小布什总统年轻10岁。有意思的是,影片中还不时穿插着2000年总统大选的场面,很难让人不去联想甚至对比小布什,看看现在仍然是风度翩翩的前民主党总统候选人戈尔,再看看形容憔悴的现任总统小布什,着实令人怀疑得与失的价值:总统之位,得之何幸、失之何憾?

人生的意义到底是什么——真的是一个值得思考的问题。

神秘经卷

2008 年 9 月 12 日，星期五，晚上 Emily 带我们参观了香槟的一处犹太教堂。

正赶上礼拜时间，教堂来了许多信众，乌泱泱不下百余人。男性无论老幼，头上都戴着一顶小圆帽子，平平地直接贴着头皮的那种，颜色以白色为主，也有黑色、棕色的，我一直不知道帽子是怎么固定下来的，太小太薄了，近距离一看，才发现是用发卡卡住的，女性装扮没有特别之处。大家从教堂入口处的书柜上拿取一本圣经，然后走到连排的椅子后面依次坐下，跟着教士诵读经文，最后集体站立，一起高唱赞美诗。每个人的脸上都写满了虔诚，眼里充盈着恭敬，气氛十分肃穆、隆重。

仪式结束后，众人散去，负责的教士专门为我们项目的成员介绍相关情况，并回答大家的问题。我是第一次来到犹太教堂，觉得一切都非常新奇。这座建于 1956 年的教堂，历经半个世纪的风雨，内部环境依然规整、洁净、明亮。墙体以灰青色、铁锈红色的条砖横向排列砌成，缝隙间涂抹着白色的腻子，看上去十分自然、典雅，让我想起古朴的中国青砖建筑。那个嵌挂在墙面上的七孔联体铜质烛台，线条流畅、色泽浑厚、形态饱满，怎么看都怎么像是一只展开翅膀的雄鹰，头朝上、尾朝下，大有“一飞冲天”的气势。

教士从烛台旁边的装饰墙里拿出一卷厚厚的经书，很有分量，两端分别用木质的把轮固定，从两头卷到中央，然后合在一起，可以横向平铺开来观看。只见白色的纸张有些微微泛黄，上面的文字隽秀、整齐，似乎是希伯来文，一个也看不懂，感觉像传说中凡人不识的“天书”。教士说，这是一本犹太教经书，十分古老，已有上千年的历史，迄今为止世界上也仅存了两卷，一卷留在这里，一卷在耶路撒冷。我暗自称奇：真是太珍贵了，堪为“镇堂之宝”。我们能够一睹真容，实在是三生有幸。

宗教真是一种神奇的存在，其生命力非任何世俗的力量所堪抗衡。或许正是因为看到了这一点，现代国家普遍确立“政教分离”的宪法原则，让“上帝的归上帝，恺撒的归恺撒”，因此避免和化解了许多无谓的冲突和纷争。在世界宪政史上，美国首开先河，将政教分离作为宪法原则和政治道德基础，禁止设立国教和国家干涉宗教活动，保护人民的宗教信仰自由。杰弗逊的名言是：必须在政府和宗教之间树立起一堵“分离之墙”，所谓“井水不犯河水”，二者之间不得相互干预或发生过分纠葛。当然，这样的分离并不绝对，完全没有关联也不可能，其纠葛程度是否符合宪法，还需要法院在具体的案件中通过审查进行判断。

无论如何，政教不分的害处都大于政教分离的害处。我想起一份资料上说，在德国纳粹统治时期，德国耶拿大学的教授们竟然研究出一个成果：耶稣不是犹太人，以此为当权者提供种族残害政策的“理论根据”。这样的学问着实可怕至极，由此可见，在政教关系没有从宪法上理顺的国度，政治对于宗教的打击易如反掌，就连“学术”也会成为政治打压宗教的帮凶。

我注意到，在教堂的讲台右侧，地上并列树立着美国国旗、伊州州旗。我有些迟疑：教堂里出现国旗，不应该算是“政教不分”吧？

做客校长家

2008年9月17日，星期三，这一周的“跨文化交流”的主题是“中美家庭教育之比较”，活动地点安排在伊利诺伊大学校长怀特先生（President White）家。交流结束后，怀特校长和夫人举行冷餐招待会，邀请全体项目成员、项目成员各自的主人家庭、举行过跨文化交流活动的美国家庭代表、东亚中心的领导和相关工作人员共同参加。

交流在校长家的客厅举行。校长和夫人非常认真地对待这次活动，亲切地跟大家交谈，询问我们每个人的家庭和孩子情况。校长谈起他小时候的趣事和父母对他的教育，大家不时发出笑声，气氛融洽、热烈。Margaret是英语教授，发言最为踊跃，非常流利和风趣地说明自己的观点，她还提到，她的女儿和我的女儿都在加拿大读书，十分巧合，不过一个正在读中学、一个读大学。我见领导向来是拘谨的，那次觉得自己还比较轻松。

校长和夫人丝毫没有架子，态度诚恳、热情而又不失分寸。冷餐会结束后，他们周到地跟大家在花园里合影留念。美国的州立大学是受州政府财政支持的，其教职员工也是受公法管理的公职人员，校长自然不例外。当然，美国没有中国的“行政级别"之说,不过,州立大学的校长也是相当重要和高级的职位了。校长家院子里插着国旗,我想,这国旗的意义应该是不同于普通居民家的国旗的。所以,可以用"平易近人"来描述他们。

我的两个 host family 也来了,分别是 Clyde Forrest 先生和妻子 Jeanette 以及 Roger Grass 先生和妻子 Jan。Forrest 先生是伊大荣誉退休教授,时年 74 岁,谈吐幽默风趣,他的太太 Jeanette 则沉静文雅,虽然年已 70,但看上去非常年轻。Grass 夫妇都在 55 岁左右,年富力强,Roger 经营自己家族留下来的农场,妻子 Jan 是一家财务公司的副主管,一位能干的职业女性。他们四个人陪伴我,让我有一种"后援强大"的踏实感。要知道,只有我拥有两个家庭,其他项目同事每人都只有一个。说起来也是缘分,原来只安排了 Forrest 一家,我 7 月份刚到香槟时,Forrest 夫妇去佛罗里达州看望大儿子一家还没有回来,Joe 就又临时联系了 Grass 夫妇。两家人都对我特别好,我感到十分幸运,也非常感激他们。在一年的相处中,我和他们结下了深厚的情谊,Forrest 夫妇称我为他们的"中国女儿",Jan 则叫我"中国妹妹"。

我和 Jeanette、Jan 一起拍照,我对她们说,这是三个"J"的合影,很有意义,我相信这是命运。因为她们两人和我的名字的第一个字母都是"J",我们为这样的巧合而高兴,Jeanette 还特别强调: This is good fortune。遗憾的是,策划和促成本次交流活动的 Joe 没有来,活动之前 Emily 写信告诉我们,Joe 非常想和大家一起参加这次活动,但为了他的妻子 Joyce,他只能缺席。Joyce 罹患重病,已经到了临终关怀阶段,Joe 觉得应该和妻子在一起——陪伴与自己共同生活了五十年的伴侣。我们都在心里深深为他们祈福。

不知道为什么，在校长家的经历让我想起幼年时的一个场景。1970年代的一天，我的母亲带我到一位地区卫生局局长家去拜年，那是母亲调到徐州工作之后，为了感谢一位局长的帮助，过年时母亲带着我专门去他家表示感谢。他的夫人接待了我们，她拿出一个精制的糖果盒子，里面被隔成不同的小区间，分别装着不同样式的糖果，比如牛轧方块糖、大白兔牛奶糖等，糖纸是彩色的，花花绿绿，着实诱人。在那个物质匮乏的年代，这些糖果绝对算得上是奢侈品。局长夫人坐在那里，客气地招呼着母亲和我，从盒子里拿出几块糖果让我们吃，脸上挂着笑容。想来那是我小时候见的很大的一次"世面"。

后来，我曾向我的父亲母亲描述这次到校长家做客的情形，他们分享着我的喜悦和心得，也为我受到的礼遇而欣慰。

又爱又喜

伊利诺伊大学有三个校区,地点分别在厄巴那-香槟(Urban-Champaign)、芝加哥(Chicago)、斯普林菲尔德(Springfield)。我访问的香槟校区是伊大的主校区,其英文全名是 University of Illinois at Urban-Champaign,简称 UIUC。学校的中国留学生设立了一个中文网站,为所有来香槟学习的中国学生和老师提供衣食住行等多方位服务,这个网站的名字是:又爱又喜,取学校简称 UIUC 的中文谐音。

又爱又喜,真好听!用词巧妙,充满智慧,也十分精准,香槟校区就是一个让人爱慕珍视、心生欢喜的所在。几乎在一瞬间,我对这个名字的认同度达到了 100%,因为一踏进这片土地,我就情不自禁地喜爱上了她。

初到香槟的人,多半会有些恍惚之感:这是美国吗?这简直就是 17 世纪的英国乡村,与同属伊利诺伊州的大城市芝加哥相比,反差之大,让你怀疑自己是否走错了地方。是的,这就是香槟,一个有着乡野与田园之风的大学之城。校园规模很大,占地面积约 1450 英亩,以红砖结构的低、中高度的建筑为主,少有高层楼房。厄巴那与香槟两个小城的分界线从校园中心穿过,成为学校中轴线,或者说,校园的一半位于香槟,一半位于厄巴那,大家通常称香槟校区，事实上是对厄巴那-香槟的简称。这里没有夺目的都市霓虹和喧嚣的人声鼎沸，嘈杂、哄乱与其无干，安静是她的第一品格，正是这样的宁静以及伴随而生的从容吸引了我，让我放下心中的一切虚浮与妄念，心平气静，神思安定、舒展。

香槟校区创设于1867年，用伊利诺伊州的公有土地建立。从最早的以工程、农业、水利等应用性专业为主，发展到现在的文理工法商农等科并重的研究型大学，经历了一百多年，几代伊大人为此做出了贡献。其间，很多研究成果获得国家、国际认同，诺贝尔奖获得者人数在美国公立大学中名列前茅。记得我们项目的一次家庭访谈活动安排在一位伊大荣休教授家里，他是著名物理学家，曾经在费米实验室工作，与李政道教授关系很好，是1970年代中美关系解冻后第一批访华的美国科学家。他家客厅的墙上，挂着郭沫若先生手书的毛泽东主席诗句集联，上联是“喜看稻菽千重浪”，下联是“跃上葱茏四百旋”，分别摘自毛主席的两首诗《七律·到韶山》和《七律·登庐山》，这幅对联是周恩来总理亲自赠送的。如果不是介绍和交谈，我们看不出这位平和的老人竟有这样出色的人生，或许，他的低调也正是香槟内敛气质的印证。用“藏龙卧虎”、“不显山水”两个词来形容香槟，一点也不为过。她的博大、厚重与包容构成了其独特的魅力。

记得2008年秋天在纽约，一位偶遇之人得知我目前在伊大访问，便问我：你是来自香槟还是来自芝加哥？我几乎脱口而出：“我来自香槟！”语气中透着自豪。我知道，在潜意识中，我已经把自己视为香槟的一分子。

确实，在爱与喜之间，我也以香槟为荣。相信每一个在香槟生活过的人，都会把她看作是自己永久的精神家园，而不仅仅是人生旅途中的一个驿站。

家住果园

我居住的伊大宿舍区离校园比较远,位于学校南面,英文名叫Orchard Downs。Orchard 的字面意思是“果园”,Downs 是指“(英格兰南部)青草覆盖的丘陵地带,芳草丘陵区”,合起来可以译为“果园芳草丘陵区”,这样的译名太生硬了,也没有美感,干脆就叫Orchard Downs。

Orchard Downs 面积很大,跟校园一样,这里也没有围墙,北面、东面是两条大马路,西面是树林、草地,南面是一望无际的平整整的土地。宿舍区由成片的一排排公寓组成,有平房,也有楼房,楼层不高,最高三层,木质结构的多于砖瓦结构的,还设有洗衣房、管理处等,建筑物四周都是高高低低的植物,青翠蔓然。整个区域内,草地、树木、道路、房舍夹杂,参差错落,平坦开阔。开往几个不同方向的公交车贯穿宿舍区,出行非常方便。地方大、人口少是鲜明特点,有时我步行去学校,一路上难得遇到几个人。

来到 Orchard Downs,我几乎没有什么陌生感,总觉得似曾相识,好像很久以前就到过这里一样。她的宁静、安详让我想到了1970 年代初我跟母亲一起生活过的邛县占城果园。

记忆中,母亲工作的占城果园五七干校医院也建在这样的乡野之地，草木葱茏、鸟语花香、果林茂密。所不同的是，那里十分闭塞，只有一条东西走向的大马路，把干校和医院分隔成南、北两个部分。事实上，医院是专为干校而设的，那些来劳动改造的干部和干校管理人员，平日里头疼脑热、伤风感冒、跌打损伤什么的，都来这里看，医院共有三排平房，规模不大，只有门诊，也收治当地的农民。

在果园，我读了小学一年级。小学的名字叫“毛山小学”，在医院的东南方向，距离医院有五六里路的样子。每天清晨，母亲很早起来做好早饭，不到5点钟时叫醒我，我吃过饭就去上学，有时跟邻居家的孩子结伴走，有时一个人走。途中要经过一片葡萄园，园里有不少大大小小的坟头，我一开始觉得害怕，就大声唱歌给自己壮胆子，后来慢慢地也就不怕了，快到学校的时候，还要翻过一道矮矮的山梁。当时并不知道什么是辛苦，能上学真是太好了，有一次母亲叫迟了我，我担心上学迟到，早饭也没吃，就一路哭着、跑着到了学校。

那时的日子是自由的、快乐的。时间过得很慢，好像是静止的，天空总是那么高、那么蓝，太阳和月亮不知疲倦，每天昼夜交替，轮流现身。学校的功课不紧张，我每天下午放学很早，回到家后都能跟院子里的小伙伴们一起玩耍，推铁环是最经常的活动，大家嬉笑打闹，跑跳追逐，好不自在。每到成熟的时节，我们都能吃到新鲜的水果，以苹果、梨子为最多，大人还可以带着孩子直接去苹果园摘苹果，能摘多少摘多少，一边摘一边吃。梨子比较难保存，果农们就把梨子熬成梨膏，一年中总有那么一段时间，空气中迷散着梨膏的甜香。大喇叭和收音机里播放最多的就是京剧革命样板戏，听得久了，大人孩子都能哼上几句甚至几段。干校空旷的操场上，不定时地放映露天电影，也搭起临时舞台演出柳琴戏版的革命样板戏,大人孩子都端着板凳去看——那是偏僻乡村最令人兴奋和满足的文娱活动。

果园留下的记忆也有灰色的一页。一位来这里劳动改造的干部,男性,四十多岁,有一天晚上喝了农药,母亲跟全医院的人一起忙着抢救了一夜,最终还是无力回天。那是我第一次听到"自杀"这个词,当时并不理解它的涵义,后来才了解人在怎样的境遇下,才会有这样无望又绝决的选择。那个时代,不知道有多少人受尽了磨难,历经人生喜悲。

生命的际遇是这般奇妙,如今,我在异国找到了熟悉的环境,更重要的,是回到了原点:自由。可以摆脱名利纷争,远离喧嚣嘈杂,守着寂寞安宁,放飞思绪,休整精神,对于我来说,何尝不是一种自由呢?所以,我更愿意把 Orchard Downs 简单地称作"果园"。

但愿人长久

生日年年有，在美国过生日，我是第一次。与以往所有生日一样，我得到了亲朋好友的问候和祝福。

Margaret 和 Mike 两位同事陪我一起在中餐厅庆祝生日。那天下着雨，他们还是如约前往，让我感动。餐厅的中国菜肴、中国装饰、中国音乐、说着中国话的服务生和她们周到的服务，都让我有故乡的感觉，也消解了不少思念亲人的愁肠和人在异乡的惆怅。想必他俩也是心同此感吧。Margaret 小我一岁，专攻英美文学，集教授、作家、诗人于一身，是《飘》一书中文版（译林出版社）的译者，学术成就非凡，曾经是哈佛大学哈佛-燕京项目的交流学者。她的感性和知性总是让人感到亲切和力量，后来我们成为无话不谈的好友。Mike 是 70 后，年轻有为，专业是教育学，他主要侧重于学校教育管理方面的研究，成果丰硕，为人处事透着山东人的真诚和热情，脸上的笑容总是灿烂。我们仨相谈甚欢，介绍着各自的生活，并且互相鼓励。

在美国的中餐厅有个“风俗”，最后赠送的点心（Fortune cookie）是根据就餐顾客的人数来送的，每人一包，里面是小脆饼或者小蛋糕、小饼干之类，在包装好的点心中间会有一张小字条，很有趣味。我们三个人各自取出自己的字条来看，然后交换浏览，我的是 Doing what you like is freedom. Liking what you do is happiness. Luck numbers 3,4,11,27,34,36. 真是天意！我们正在谈前几天不开心的事情，太妙了，自由加快乐，竟会有这样契合我此刻心情的话语！

我的幸福还不止如此。亲朋们给了我形式不同的生日礼物。远在国内的父亲母亲一早就打来电话，祝我生日快乐，听到他们的声音，我特别高兴和安心，也感念他们赐予我生命。Margaret 送了我一本她的诗集，还不忘在扉页写道："Be true to yourself, even if those around you think in different ways. Open yourself to genuine praise, there is always someone who appreciates your achievements. Happy Birthday and Happy Every day! "这样的礼物情谊深重。生日前几天，我的导师尤伦教授为我争取到了进入法学院内部学术网的用户名和密码，这样我就可以没有障碍地访问和下载所需资料，我正为不能下载而着急呢，真是及时雨！我的 host family 之一 Forrest 教授和夫人在知道了我的生日日期后，专门寄了一张生日贺卡给我，这是我收到的第一张来自长辈的英文生日贺卡，很是精美，字体非常好看，原来英文也可以写得如此隽秀而亲切，关键是他们关怀的心意，那时他们还没有称我为"中国女儿"，我的心里已经是幸福满满了。

如果名字也可以算作礼物的话，我要感谢我的外公。外公给我起名"娟"，取自苏东坡词《水调歌头》中"但愿人长久，千里共婵娟"一句，"美好"自然是名中之意，或者还有其他的期许吧？比如，做一个东坡那样富有才情的人，也做他那样乐观旷达的人，更要具备面对挫折时的勇气和平静，超越人世间的蜗角虚名和蝇头微利，去过一种有意义的人生。我相信，外公是有这个愿望的。

蒙外公赐名，让幸运一直陪伴我，月圆月缺，人来人往，故乡他乡，都能够生活在爱我的亲人和朋友们中间。每个生日，生命中的每一天，都被幸福感所包围，对这个世界充满感激，对未来充满期待，也对自己充满信心。

但愿人长久。

纽约会议

经 Emily 同意,我利用项目资助的专项学术经费,参加了2008年10月在纽约市举行的全美行政法官协会2008年年会(2008 NAALJ Conference in NYC)。

据协会网站介绍,全美行政法官协会,The National Association of Administrative Law Judiciary,简称 NAALJ,是美国最大的专门致力于研究政府执法分支之行政裁决的专业性组织。这是一个非赢利性组织,1974年在伊利诺伊州成立,截止到2007年5月,已有近700名会员。协会的核心宗旨是提高行政司法的质量、推进通过仲裁和调解途径来解决争议的替代性程序,为此,协会提供了交流思想和信息的平台,其举办专题研讨会和其他讨论会、出版杂志和时事通讯、与州和联邦官员就改进行政裁决的方法进行商讨。在更科学的法理范围内实现行政裁判之真实的与适当的作用,是协会活动的前沿性内容之所在。

本次年会的主题是:"The Administrative Judiciary: Defining Justice in a changed World",中文意思可以翻译为:"行政法官:在变化的世界中界定正义"。在美国,行政法官(Administrative Law Judge,简称 ALJ)是这样一种官员,其主持行政听证,有权主持宣誓、获取证词、裁决质证、作出事实上的和法律上的决断。他们受雇于各州和地方政府，比如，2007 年纽约市政府就雇佣了 500 多位行政法官。联邦行政法官的设立可以追溯到 1946 年的《行政程序法》，行政法官在行政争议解决过程中发挥着不可或缺的关键性作用。与其他许多具有美国特色的法律制度一样，在新的历史时期，行政法官制度也面临挑战、需要改革。

会议围绕几个专题进行研讨。比如，第一个专题就是“提高行政程序透明度的途径与理由”，研讨的目的在于如何使得行政程序变得更加容易掌握和使用，并保证所有当事人能够平等地享受到正义，特别是那些自我代理的当事人。可能是与会议的主题相关，大会专门安排了一个主题报告：中国行政程序问题，特别邀请耶鲁大学法学院中国法研究中心的贺诗礼(Jamie Horsley)教授进行演讲，在耶鲁访问的国务院法制办公室一位年轻处长就中国目前的行政实践问题作了介绍。我私下认为，要是没有中国问题的内容，会议研讨可能是不完整的，如果说我们处在“变化的世界”中，那么，在当今世界，有哪个国家能比得上中国的变化呢？

出席会议者约 150 人，绝大多数是来自各州法律实践第一线的行政法官，大家十分认真地参与讨论，看得出，这些都是同行、老朋友，交流得非常融洽。不过，他们对我非常友好，也对中国问题非常感兴趣。比如，一位坐在我旁边的女法官问我：在中国，有没有专门的行政法院？后来我们聊的多起来，她告诉我，她起初以为我是大会的工作人员，后来才知道我是参会者，是来美国访问的中国学者。有意思的是，当得知我在伊大访问时，她问了我一个专业之外的“附加题”：你喜欢香槟吗？我说喜欢，她又问：喜欢纽约吗？我说喜欢，但是两个地方太不一样了，如果让我选择的话，我 prefer 香槟。哈哈，看来，行政法官也很感性呢。

州法院旧址

2008年10月25日,Emily和其先生Bob驱车带我们前往密苏里州的圣路易斯市(Saint Louis, Missouri)参观。

圣路易斯是个宁静而优美的城市,建筑古朴雄伟,马路整洁宽敞,树木花草繁茂,行人稀疏从容。圣路易斯也是一个港口,古老的密西西比河从这里流过,河水波光粼粼,轮船繁忙穿梭,为城市增添了灵动的色彩与无穷的活力。

如果不是专门访问原来的州最高法院旧址,你很难把这个充满朝气的城市与近两个世纪前的奴隶制联系在一起:美国宪政史上臭名昭著的斯科特案即Scott案(也称蓄奴案)最初就发生在这个州,审判的地点就是圣路易斯市的老法院。历史就是历史,今天一切的美好都掩盖不了过往的丑恶。不过,美国人并不避讳这个问题,老法院对游人开放即表明了他们的态度。

我在一幅幅介绍Scott案的画板前面驻足流连。此案经过了州审和联邦上诉审两个阶段。原告Scott是一名黑人奴隶,跟随其主人在禁止蓄奴州生活了3年后返回到蓄奴州密苏里州,他根据联邦国会制定的《密苏里和约》,向法院提出获得公民身份的要求,因为国会和约规定,黑奴一旦进入联邦北部的非蓄奴州,就自动摆脱奴役状态。他的要求遭到拒绝,其主人则要求维护自己的财产权——奴隶是财产，官司一路打到了联邦最高法院。遗憾的是，无论州最高法院还是联邦最高法院，都没有保护 Scott 获得自由的权利，而是保护了其主人的财产权利。联邦最高法院维持了州最高法院驳回 Scott 诉讼请求的决定，首席大法官谈尼(Chief Justice Taney)撰写的法院意见(7：2)指出：他们不享有白人与生俱来即被尊重的权利，黑人可以被公平、合法地奴役。该案宣布了《密苏里和约》的违宪，加剧了当时美国社会在蓄奴问题上的紧张关系，使得南北方的立场冲突更加白热化，间接导致了美国内战。此案判决后，联邦最高法院也名誉扫地。

为什么即便是在那时的大多数人看来都是天经地义的道理——每个人都应该是平等的，最高法院就是不认同呢？一个可能的解释是：对于宪法正当程序原则的坚守，让首席大法官相信他的判决是正确的、是符合宪法原意的。然而，或许就像有学者评价的那样，法官应该首先尊重立法，因为民主过程的判断代表了民意，反映了大多数人的主张，法官不能够代替立法去判断，法官角色的错位可能是斯科特案的问题之所在。显然，该案是值得深入思考的。好在，仍然有两位大法官麦克莱恩和柯蒂斯(Justice Mclean & Justice Curtis)发表了旗帜鲜明的反对意见，总算给最高法院挣回了一点颜面。

其实，很多时候，人们都容易成为“事后诸葛亮”，评点前人的是非成败，毫不费力，很少设身处地，反躬自省。坐在当年大法官坐过的椅子上，我请 David 拍了张照片。在“装模作样”的同时，我问自己：如果我是当年的法官之一，我的决定又是什么呢？我会像两位大法官那样说“NO”吗？我不知道，也许会吧，至少，我希望如此。我跟 Emily 说，有时法官也会犯错误。是的，他们在这个案件中犯了大大的错误，可是，谁又会不犯错误呢？

如今,Scott 案的争诉和判决都在岁月的消磨中随风飘逝了,故事中的人物都成了文字或符号。这个见证了往昔的老法院,就像一个健康之人身体上留下的伤疤,不好看,却记录了曾经的疾患和痛苦。它不仅仅是圣路易斯市的,也是密苏里州的,更是整个美利坚合众国的。

西进之门

在圣路易斯，以总统杰弗逊之名命名的国家公园，突出了纪念国家扩张的主题。每年来这里参观的游客络绎不绝，确实，如果不知道美国扩张的故事，怎么能说了解美国呢。

公园最醒目的标志性建筑是一个巨型拱门，座落在密西西比河畔，纯钢质地，流线设计，美轮美奂，在阳光下熠熠生辉，它被称作“西进之门”，以纪念美国 19 世纪初开始的西进扩张的历程。圣路易斯正是当年西进的起点站，也是通往西部的门户。

拱门内部的空间不像外观看上去那么“狭窄”和“溜滑”，这里设有电梯，可供游客从里面登上拱门。我们乘坐电梯到达了拱门的最高点，透过一个个玻璃窗，能够向外看到整个圣路易斯的景象，那些尽收眼底的种种城市风物，远远近近，星星点点，让人感到空间变幻的奇妙与神秘，似乎还伴随着真实与虚无，如同回望远去的历史。与拱门连在一起的景点是西部扩张博物馆(Museum of West Expansion)，博物馆的入口处是一匹狼的动物标本，它右臂抬起，目视前方，张开的嘴巴仿佛在向游人诉说着一往无前的西进精神，抑或它本身就是西进之精灵?

有意思的是，老法院旧址与拱门同在一个景区内，像是在同时为世人展现美国历史的两个面向：旧与新、保守与自由、落后与进步。其实,这样看似矛盾的存在不只是在这里,在美国生活的许多方面,都充满了这样的张力。对于旧的留恋,挡不住对新的渴望,但是,探求新的征程,又不会一下子甩掉旧的包袱,每一步前行,都可能要伴随半步的后退。不过,无论是好是坏、是优是劣,都要把曾经的过往全部留下来,任后来人评说。或许,这才是美国的独特之处。

距离圣路易斯不远处的另外一个小型博物馆,较为详细地介绍了两位著名探险家 Meriwether Lewis 和 William Clark 的西进故事。他们受到杰弗逊总统的派遣,带领探险队伍,从密苏里河和密西西比河的交汇处启程,缘密西西比河而上,乘风破浪,披荆斩棘,历经千难万险,穿越北美大陆,把美国国旗插到了太平洋岸。博物馆里的展板、实物、塑像十分生动地再现了那段历史(1804—1806 年),我徘徊在文字与光影之间,感受着西进途中的种种人与事,有一种“遥想公瑾当年”的豪迈与感慨,所谓大丈夫建功立业,万不可畏惧、等闲。两位探险家都很年轻,生于 1774 年的 Lewis 只有 30 岁,生于 1770 年的 Clark 是 34 岁,正是雄姿英发、风华正茂,他们用行动书写了波澜壮阔的英雄史诗。可惜的是,Lewis 在 1809 年去世,享年 35 岁,这也差不多是三国周郎的年纪吧?英年早逝,总令人唏嘘不已,甚至怀疑是天妒英才。在自然面前,人是多么伟大,又是那么渺小。生命的脆弱,与生命的坚韧一样,都如此不易估计和衡量,也让人更加相信把握今天、志在当下的可贵和重要。或许,人生的价值在于实质而不在于形式?如果是这样,一个人,一生中,只要做成功一件事,就够了。

西进,无疑已经成为一个专有名词,与其连在一起的词还有进取、创新、传奇。

请支持奥巴马

来香槟不久的一个周末，我和 Mike 相邀去超市购物，途中正好碰上了一个集市。集市不大，却也热闹，主角都是附近居民，出售的东西也算得上琳琅满目，大多是自产自销，比如自己种的瓜果蔬菜、自己养的花鸟虫鱼、自己做的点心饮料、自己家的闲置杂物，还有吹拉弹唱的、遛狗闲逛的、驻足观望的，几乎每个摊位都搭起了尼龙凉棚，人头攒动，秩序井然。最为醒目的要数奥巴马总统竞选募捐点，工作人员拉起标语，发送传单，手拿喇叭不停宣传奥巴马的政策主张，号召大家支持他。具体募捐的方式就是购买竞选纪念品，比如用一个美元买一枚纪念徽章。我买了两枚徽章。听说我们是从中国来的访问学者，工作人员热情地表示感谢并跟我们合影留念。

哈，竞选活动真是“无孔不入”！连这样的小集市也不放过，可谓抓住一切机会。2008 年是美国的大选年，很多活动都与选举有关，主题鲜明，轰轰烈烈，堪称一场民主盛宴。Campaign 一词成为美国人生活中最经常出现的名词，因为它与我所访问的伊利诺伊大学所在地的名称 Champaign 只差一个字母，所以记得特别清楚。电视、广播时时有 Campaign 的新闻，Campaign 被重复的频次之高，可用“言必提及”来形容，如果要算“出镜率”，肯定超过了两位总统候选人奥巴马和麦凯恩。报纸上讨论最集中的话题也是Campaign,比如奥巴马与麦凯恩的辩论又起,各自获得好评和支持的概率发生变动,等等。我在法学院旁听的选举法课上,教授集中讨论了本次大选问题,讲到最多的一个词就是Campaign。

伊利诺伊州的战火似乎更加旺盛。刚到香槟,就发现奥巴马的竞选宣传几乎无处不在,不少家庭的花园里都插着印有奥巴马竞选标记的广告牌,只要路过,就能看到,让你的视线无法躲藏。也难怪,伊利诺伊可以算得上是奥巴马的“根据地”,他的政治生涯起于伊州,基本上是重演了当年林肯的“总统之路”——先是成为伊州的联邦国会议员(林肯曾是众议员,奥巴马是参议员),再被提名成为总统候选人,最后当选为美国总统,就连去华盛顿赴任,也是乘坐从芝加哥到华盛顿的火车,沿着当年林肯的就职路线。可能的不同之处在于,林肯原来的职业是律师,奥巴马是芝加哥大学法学院的宪法学教师。奥巴马竞选在一定意义上承载了伊利诺伊州的历史与发展、光荣与梦想,所以,说2008年大选年是伊利诺伊之年也是不为过的。

不过,如果你据此认为,伊州几乎所有的人都把票投给了奥巴马,那就错了。我身边的人,投给他的占大多数,也有少数投给了麦凯恩。法学院的一个美国学生就告诉我,他没有选奥巴马,因为他不认为奥巴马有能力管理好美国,而且他也不喜欢他,相比较而言,麦凯恩更成熟,也更有能力。当然,这样的理由也是见仁见智、因人而异的。我的host family之一Forrest教授夫妻都是民主党人,他们参加公开活动时,都在胸前配带着印有奥巴马Campaign标志的徽章。我曾经问过Forrest教授为什么不选择共和党,他解释说,奥巴马是伊利诺伊州的参议员,我们要支持他;再者说,共和党的政策并不怎么样,看看邻居印第安那州就知道,那个州的州长是共和党人，可是，印州很穷。事实上，我发现，不仅东邻印州很穷，就是西邻密歇根州也没有伊州富裕，比如，该州高速公路的休息区的设施就远远不及伊州的好。看来，共和党“造福一方”的成绩显然不突出。

那么，民主党就一定是为人民谋福利的吗？这可能是一个更大的问题了。

铁杆拥趸

2008年大选投票的日子将近,Emily老老早早就把投票的徽章戴在胸前,毫不隐讳自己的立场和急切的心情。确实,她是我接触到的最坚定和最忠实的奥巴马支持者,说是"铁杆拥趸"也不为过。

最初知道她的政治倾向是通过她的一封邮件。8月24日是学校的Quad Day,Emily一大早写来邮件提醒Freeman学者们参加这个节日的活动。邮件开头不忘问候大家周末愉快,接着形象地写道:"Bob, our daughter, Betsy, our granddaughter, Alexsis, and I all shook Barack Obama's hand yesterday afternoon in Springfield. We were excited."她们一家三代四人,追星追到了伊利诺伊州的首府斯普林菲尔德,参加了奥巴马在那里的竞选宣传活动,并且跟奥巴马握了手,还很激动。显然,她的周末很愉快。这是我第一次看到一个美国人如此明确地表达自己的政治倾向,我据此以为,所有的美国人或者大多数美国人是不忌讳别人问及他们的政治态度的。不久,我发现这个"以为"错了,并不是所有美国人都像Emily这样,会坦率而诚恳地说出来。不仅如此,投票、宗教、性取向,就像我们早已知道的年龄、收入、婚姻状况一样,也被认为是"隐私",如果不是很熟悉或者说即便是很熟悉,也是不合适询问的话题。

后来,我听一位项目同事谈起 Emily 支持奥巴马的决心。有段时间,民意调查显示,麦凯恩的支持率似超出了奥巴马,这让 Emily 很是担心,她撂出“狠话”:如果奥巴马这回当选不了总统,那么我们全家就移民加拿大。这样的表达一点也不像一位温和慈祥的老太太,倒像是个硬铮铮的爷们儿。我无从得知她如此坚定和忠实的详细原因,不过,她曾经谈起过的一件事足以让我窥出一斑。她的一个女儿嫁了黑人丈夫,她就有了一个黑人女婿和一个混血外孙。这个外孙 1990 年出生,非常优秀,2008 年考入了耶鲁大学,她很是自豪。有一次在办公室,她还拿出过他的照片给我们看,并介绍他已经考入耶鲁——就是在美国,考进名校也是相当相当不容易的,她的那份喜悦、满足和骄傲,不亚于任何一位中国长辈因子孙的争气而有的神情。就是这样一个混血外孙,在读小学的时候,常常被同学称作“黑鬼”,受到歧视。言语上的伤害可能是刻骨铭心的,影响着孩子,也影响着她这位外婆。由此我想到,为什么奥巴马会那么深情地回忆起他的外婆——把他从小带大的外婆或许也曾经面对过类似的言语,教育和培养他走上正道,付出了多少心血和精力,又承受了多少压力!

人们会如何选择自己满意的候选人?是因为支持他(她)的政治主张、政策立场,还是其个人魅力?抑或其他?情况可能是复杂的,很难概括得全面。也许,任何理论的阐述都抵不上人生的经验。Emily 支持奥巴马,可能第一位的原因就是:这位候选人是黑人,无关其他,而只要有了这一点,她就有支持他当选的理由和动机。一直以来,我都在思考,代表到底代表的是什么?我反对以代表的身份作为其代表的选民,比如,妇女代表就是代表了妇女,少数民族代表就是代表了少数民族利益,等等。现在看来,可能有失偏颇。或许,同样是选举,选民意代表(议员)与选国家元首(总统)是不一样的,总统更具有象征性意义,他的种族可能会成为一种符号,一个标志:在以自由著称的美利坚合众国,黑人也可以成为总统,所以,其形式意义远远超过了实质意义。原来,美国人也是注重“外表”的。这也多多少少说明了一点:人是生活和社会的存在,在这样的社会现实中生活的人,有谁能够逃得出环境呢?

大选结果一揭晓,Emily 就抑制不住喜悦的心情,马上给我们写来邮件:“I just wanted to let you know how pleased Bob and I are with the election results. It is a wonderful sign that America will take a much different direction. ”相信她的预测是准确的。

你投票了吗

2008年11月4日，星期二，选举日，Emily安排Dick Thies先生和夫人驱车带我们去当地一处投票点参观。

Thies先生的职业是律师，也是一位Freeman项目的热心支持者，他和夫人过去曾经参与这个项目。他的经历非同一般，作为民主党人，年轻时投身政治，希望可以在政界得到发展和有所作为，1960年代曾经被民主党提名作为一名总统候选人的竞选伙伴，不过竞选没有成功，后来还是做回了自己的律师老本行。说伊利诺伊州是民主党的大本营，确实并不夸张，单是香槟这个安静小城，就住着像Thies先生这样不显山露水却绝对有故事的民主党人。

去参观前，Thies夫妇在我们办公室专门给大家介绍了投票的简单情况，有关过程的相关信息，说明参观时的注意事项，比如不能拍照和录像，保持安静不要喧哗等。

我们参观的这个投票点设在离学校比较远的一所基督教堂。美国各州的投票地点的设置不尽相同，学校和教堂是最经常被“借用”的。教堂四周非常宁静，从外面看不出与往日有什么不同，只是教堂门口的地面上插着一块长方形的小牌子，上写“VOTE HERE TODAY”，不远去还有一个同样大小的牌子，写着

“THANK YOU FOR VOTING”,这两个牌子具有提醒功能。

进入大门来到投票现场,发现还是很不一样的。这里的气氛非常严肃,一切井然有序,警察也在。Thies先生跟负责人说明了我们的来历,负责人表示欢迎我们的到来。大约有20个工作人员坐在一排桌子的后面,面向大门,桌子上放着各种选举材料,有工作人员负责向来投票的人介绍程序,大致上包括核实身份、领取选票、投票三个环节。投票是在专门隔离出来的投票间,其空间大小基本上只够容纳1个人,当你投票时,其他人是看不到你的选择结果的,这就是所谓的秘密投票。另外,还设有两台读选票的机器,我没有比较它们与当年佛罗里达州大选时的机器是否是一样的,相信应该是不会出错的。我们很想看一看选票,负责人说选票只能给选民,我们没有选举资格,不能把选票拿给我们,看也不行。他提示我们去看贴在墙壁上的样票。样票跟真实选票的内容、形状、大小是一样的,从样票上可以看出,此次选举既要选联邦的总统,也要选州的官员,还要选香槟地方的官员,这些候选人的名字都列在同一张选票上,这样设计的优点之一是可以节省时间。我后来了解到,美国有不少州的选举都是这样操作的。我们离开时,负责人给了我们几张样票,Edward把他拿到的那一张转给了我,他说你是教宪法的,可能更需要。真感谢他想得周到。

第二天下午,Edward告诉我,他上午去政治系听课时,有学生问他:你昨天投票了吗?他很是正经地回答说:我投了。他说的也没有错,去参观时,我们每个人胸前都贴着一个纸制椭圆形标识,上面印有国旗,还有两个字:I Voted。

黄玫瑰

黄玫瑰，明亮、清湛、纯粹，是幸运和友情的象征，可以送给好友、长辈和病人，表达问候和珍重，祝福健康和平安。关于这个花语，我是到美国才知道的，2008 年秋天，我接连送出了人生中的第一束和第二束黄玫瑰。

11 月 3 日，星期一，我去上尤伦教授的课。看到他走路一瘸一拐的，脚上裹着纱布，脸色也不太好，下课后一问，才知道他的脚趾骨折了，连着整个小腿都打上了支架，蛮严重的。因为之前去纽约开会，耽误了两次课，所以不知道他的伤情，我向他表示慰问，希望他早日康复。中午我到花店，打算送一束鲜花给教授，服务生热情地接待了我，了解我的目的后，建议说黄玫瑰比较合适，我就订了一束并写了卡片，请花店按照地址送到教授家。当天晚上，教授写来邮件，非常感谢我送去的可爱鲜花以及周到问候，他现在就是行走不大方便，但已经不疼了，估计需要 6—8 周能够痊愈。希望他很快好起来。

真是祸不单行。11 月 5 日，星期三，上午收到了我的 host family 之一 Forrest 教授的邮件。他说，他必须告诉我他病了，得了血癌，正在接受为期 6 个月的化疗，他的身体状况将妨碍他们（他和妻子）跟我交往和活动，如果我想让 Emily 重新为我安排其他的 host family,请让他们知道。在读到邮件的那一瞬间,我惊呆了,接着泪流满面,血癌? 又是它! 我的婆婆就是得这个病走的,想到这种病的凶险和亲人的罹难,我的心中特别难过,也充满恐惧和担忧。重新安排 host family? 不,他们是我的 family,也就是家人,我怎么能够在这样的时候离开他们? 如果这是上天的安排,我愿意接受。我非常后悔和懊恼:前一段时间忙着联系去纽约开会的事情,竟然没有经常打电话或者写邮件问候他们,没想到他现在得了这样严重的疾病。没有片刻的犹豫,我决定直接到家里去看望,这回径直到花店买了一束黄玫瑰带上。

这是我第一次独自一人到 Forrest 教授家。上一次是在 8 月份跟 Freeman 同事们一起来他家进行文化交流,那时,他看上去那么健康,红光满面,并且十分健谈,一点也看不出有任何生病的端倪。但所谓祸福无常,谁能想到,仅仅两三个月的时间,他就查出这个病。当我手捧黄玫瑰走进 Forrest 家,感觉像是回到了家,看到我的到来,他和夫人十分高兴,亲切地招呼我坐下,夫人把玫瑰接过去插到桌子上的花瓶中。我跟他们说,我不换 host family,不能够经常活动,没有关系的,我愿意继续跟他们交往,如果有什么需要我做的,请告诉我,我会尽力做的。接着他详细谈起病情,从上个月开始,他每隔一周到医院去接受治疗,手上还有打针留下的胶布,我发现他瘦了许多,不过精神非常好,他十分乐观地说,他会坚决地同疾病斗争,他相信一切都会好起来的。我也相信!

常言道:送人玫瑰,手有余香。我情愿没有余香,只祈祷和期盼他们健康。

教堂里的哀悼

Joyce Peacock 女士 2008 年 10 月 25 日在家中去世，11 月 8 日，Emily 带领全体 Freeman 学者参加了专门为 Joyce 举行的追悼会，地点安排在校园里的一所教堂，Wesley Methodist church。

Joyce 是 Joe Peacock 先生的妻子。他们相濡以沫五十年，和她的丈夫一样，Joyce 也将自己奉献给了上帝，追随丈夫长期从事宗教和公益事业，以她的真诚、热情和能力赢得了人们的尊重和爱戴。Joyce 和丈夫一直无私支持 Freeman 项目，我们十多届项目成员都得到过他们的帮助。鉴于她的杰出贡献，Joyce 作为优秀女性出席了 2004 年世界妇女大会，她是所有香槟女性的骄傲。

亲友们聚集在教堂里，一起悼念这位不平凡的女性。在悠扬、舒缓的音乐声中，仪式有条不紊地进行。一位神职人员担任主持人，他一边通过讲述介绍 Joyce 的生平，一边通过投影仪播放 PPT，主要是相关的图片，还有文字说明，有 Joyce 不同人生阶段的照片，还有重要活动的场景，在美国，在非洲，在亚洲，她和丈夫的活动踪迹遍及许多国家和地区，向世界传播福音，带给不同地区、不同境遇的人们以切实的安慰和帮助。Joyce 带给人间的是她满满的爱与关怀，让这个世界因为她的存在而温暖，也因为她的离去而悲伤。

从追悼会的仪式上看,美国人对于亡者的重视程度一点都不比中国人低。中国人向来重视生死,相对而言甚至更重视后者。或许不同的是,在美国,生与死都与教堂有关,出生婴儿在教堂接受洗礼,去世的人,人们在教堂为其举行葬礼。我注意到,美国人与中国人在哀悼活动中的表现还是有差异的,在中国,最常见的情景是生者大声的悲嚎、痛哭,似乎哭声越高就越能显示对亡者的悼念之情。美国人好象并不这样认为,他们的行为更加理性和内敛。Joyce 年迈的大哥从老家赶来送别妹妹,他向大家介绍自己的兄弟姐妹,回忆他和 Joyce 共同度过的快乐、轻松的少年时光,语气平缓,说到有趣处,在座的人群中或有笑声发出,这是幽默的长歌当哭式的追忆和诉说。也有发自内心的悲伤的默默流泪,一位中年黑人女士谈到 Joyce 对她的鼓励和人生的重要引领,往事历历在目,恍然昨日,Joyce 却离她而去,她忍不住抽泣起来。

记得 9 月 5 日那天下午,Emily 和 Bob 带同事们一起看望了在家里休养的 Joyce。这应该是 Joyce 最后一次跟 Freeman 学者见面,我们丝毫看不出她是重病在身的样子,她目光炯炯,非常和蔼、平静,一如往昔的优雅和从容,亲切地跟我们交谈,询问大家来香槟后的生活情况。或许这就是信仰的力量吧,据说,每一个基督徒在生命终点将要到来的时刻,都没有恐惧和迷失,而是安静地、有尊严地等待着天父的召唤。想必"信上帝,得永生"大概就是这个意思。

安息吧,Joyce,人们不会忘记你,Freeman 学者尤其不会。

项目篇『中』

玉米地

2008 年秋季的一天,Jan 带我参观她家的农场,一望无际的玉米地给我留下了难忘的印象。

那是一个晴朗之日。天气和暖,农场的环境恬静而舒适,我们二人信步前行,四周的玉米地平整、开阔,面积之大,似乎延伸到了天边。只见齐整整的玉米秆联排站立,挺拔的身躯披着绿装,煞是壮观,成熟的果穗们头顶黄色缨子,一个个骄傲地斜躺在茎秆与叶子的空隙之间,仰望蓝色天空,等待着被收获的时刻。清风吹过,秆上的叶子徜徉摇摆,泛起阵阵绿波,发出沙沙声响,阳光也在这样的摇摆中散落成星星点点的流金,晃得人眼睛有些睁不开、却又忍不住想多看几眼。真是一幅独特的风景画。

这样的田园风情让我想起儿时在外婆家看到过的庄稼地,仿佛嗅出了童年的味道,那种清新的气息是生命的指征,连着泥土和亲人,给我一种踏实的感觉。似乎也理解了为什么《飘》(*Gone with the Wind*)的女主角郝思嘉拼了命地要回到佐治亚老家,回到她的塔拉庄园:土地是财富之母,是大自然的恩赐,也是生命之根,亲缘的纽带——既是过去,也是未来。

玉米是伊利诺伊州的主要农作物。那次 Emily 带项目成员去密苏里州的圣路易斯参观,一路上经过了整片整片的玉米地,也似

Jan 家的农场这般规模，我们的车子仿佛穿梭在玉米的海洋。Emily 告诉大家，玉米有两种：人吃的和动物吃的。我是第一次知道还有这样的品种之分，一直以为只要是玉米，就没有什么差异，人和动物都能吃。Edward 说，这里的土地太肥沃了，只要撒下种子就能收获，而且每年种一季就够了。Edward 的话有些夸张，似乎可以"望天收"，其实没有不劳而获的收成，所谓"汗滴禾下土"、"粒粒皆辛苦"，中国古人早就描述过农事的艰辛。不过，这里土地的肥沃是千真万确的。伊利诺伊州的富庶在很大程度上来自于得天独厚的环境资源，这是一个典型的平原之州，沃野千里，加之适宜的气候，使得伊州成为玉米和大豆的主产区。实际上，玉米和大豆也是美国最重要的两种农产品，伊州可以算是美国的粮仓。

Jan 向我介绍说，农场由他的丈夫 Grass 先生经营，是他们的家族产业，前辈留传下来的，经过了好几代人。农场是机械化耕作，主要作物是玉米，已经实现种植、加工、销售一条龙。Jan 任职于一家财务公司，闲暇时也帮助丈夫打理农场事务。看得出，她很以家族农场为骄傲，对她而言，或许财务公司的副经理之位是暂时的，农场才是终身的事业。在美国，农民是一种职业，而不是一种身份，这可能是与中国最大的差异之所在。

Jan 送给我一张她的小姑子拍摄的农场照片，是用于广告宣传的，十分精致，绝对算得上专业摄影师水平，画面美极了。

青花瓷

青花瓷,是 Linda 一次说笑中对我着装的评论,她说,你看你怎么老是穿蓝色的衣服,又单调,又呆板,跟老古董青花瓷似的。说者无心,听者有意,如果青花瓷可以成为我的绰号,我非常喜欢和愿意接受。谢谢 Linda!

我喜欢蓝色。这是一种沉静和安宁的色彩,虽略有些忧郁,却也不失明快和清朗。小时候,母亲经常跟我说:只要秀才好,不怕蓝衫破。也就是说,秀才的蓝衫是否破,不影响他的学问,只要有才学,又何必在意穿什么,意思是教导我把心思用在学习上,不要在穿什么衣服上花心思。正是这样的强调,我才会专心于学业,不在意穿什么,看轻了外在的装饰,注重内在的修养。在同样年纪的伙伴们留意自己的打扮时,我的时间都用在了读书上,这么多年一路走来,书越读越多,也越来越不在意外表。我的先生曾经说我在家穿得跟菜场卖菜的大妈没有什么两样,不过,他又说,你已经如此的自信,不需要通过什么其他的来证明自己。他还跟我说起过他第一次见到我时的感觉:这个人真土,穿得跟个临时工似的,后来才知道我的身份,再交流,发现还挺有思想的。我想,他不是被我的外表所吸引,而是看中了我的内在素质。或许他是对的。

真所谓不是一家人,不进一家门。我的 host family 也喜欢蓝色。2008 年 11 月的一天，Forrest 教授的妻子 Jeanette 开车带我外出参加亲家母 50 岁生日聚会，地点就选在一家波兰瓷器店。这是一座两层小楼，楼下卖瓷器，楼上是餐厅，就餐的主角是我们四位“女生”：她的小儿媳、小儿媳的母亲、她和我。她为亲家母选了一个生日礼物：一件青花的瓷器。就是在那天，她向碰到的朋友们介绍我说：这是 Juan，她是我的中国女儿。在回香槟的路上，她跟我聊了很多，还说起她跟 Forrest 教授谈恋爱的事，当时她是大学低年级的女生，正在读 JD 的他很主动地追求她，她的父母不是太赞成，但她很坚持。我说，那是你的父母担心你，每个父母都是这样的。她说，对的，她也是这样想的。感觉我们十分投缘，后来，她向别人介绍我是她的中国女儿时，我会接着说，这是我的美国 Mom。

她观察到我喜欢蓝色，着装基本上是蓝色基调，蓝色衬衫、蓝色牛仔裤、蓝色运动鞋是我的典型形象，特别给我买了一套蓝色的围巾和手套，跟我的蓝色羽绒大衣非常匹配。那是我去加拿大跟女儿过圣诞节之前，她和 Forrest 教授在“唐朝”中国餐厅为我饯行，并送了围巾和手套作为圣诞节礼物。我太高兴了，她想得真周到！后来我女儿看到我穿戴起来，直呼“很搭”、“很精神”。

在我看来，蓝色无疑是一种本色，或者说是生命的底色，意味着自然、坚持、简单。有位诗人写道：你嫌蓝色的太朴素，换上了碧绿的衣装。意指女人的奢华偏好。或许，一个女人穿上碧绿的衣装并无过错，也不必厚非，无论穿什么，只要在内心保留一分朴素，就够了。

秋意、桂花与乡愁

秋意渐深的香槟依然明丽,全不理会独自凭栏的我,落寞隐隐。

环顾住处四周已经熟悉的树木花草,怅然若失。眼下,南京应是金桂飘香的时节了。李易安的《鹧鸪天》桂花词云:“暗淡轻黄体性柔,情疏迹远只香留。何须浅碧深红色,自是花中第一流。”她自是词中高手,盛赞桂花之美在其味而不在其色,何尝不是在抒怀自己的傲气与正直。确实,味,正是桂花的本质,也是其精神。以往每到仲秋,我总在芬芳的氛围中度过。特别是我家楼前的株株桂树,年年应季而开,从不怠惰。香味弥散在空气中,亦浓亦淡,若近若远,沁人心脾。沉醉其中,那份甜美与恬静,幽雅与悠闲,舒展与从容,是你难以抵挡的“羽化登仙”的意境。昔日浑然不觉,习以为常,现在才明白:那是南京的自然地标,上天独予的恩赐。想到这一点,我黯然徒生了几分外乡人的孤寂。

这孤寂原不打紧,不承想,无意间翻开作家余光中先生的散文集《天涯情旅》一读,孤寂立刻唤起涕泗滂沱,勾出无限怅惘。自称“金陵子弟江湖客”的余先生写道:“正是久晴的秋日,石头城满城的金桂盛开,那样高贵的嗅觉飘扬在空中,该是乡愁最敏的捷径……,长风千里,吹不断这似无又有欲断且续的一阵阵秋魂桂魄。”

这心声如此清晰真切、感同身受。一时间，亲人、故乡、祖国，这些只对海外游子才具深意的名词，都在萦绕脑际的桂花芳香的牵引下，转化为抑制不住的怀想和眷念。那潜伏于心的脆弱，霍然释放，如决堤的江水，流过点点吴山，流过漠漠朝云，也流过来美后的种种隔膜与感伤……

"何处合成愁？离人心上秋。"古文总是即情即景，让人身心俱陷其中，所谓"愁"，皆是离人悲秋使然。于是，"纵芭蕉不雨也飕飕"，就是没有下雨，芭蕉叶沙沙做响，也足以使得离人产生凄凉之感，备觉寂寞冷落。"有明月，怕登楼"也成为一种正常心理，你看，在坦言"黯乡魂，追旅思，夜夜除非，好梦留人睡"之后，范文正公不忘提醒道："明月楼高休独倚。"即便是爱惜桂花的易安居士，也怨恼其花香对旅人的残酷："熏透愁人千里梦，却无情。"只是，我从未想过，自己有朝一日也会成为这情景中人。曾经自诩为豪放派的我，此刻想到的全然是清丽之句、婉约之风，竟也不觉其中的粉黛气质。所谓触景伤情、时移意易，以至"淡云孤雁远，寒日暮天红"，"天涯行客，一叶惊秋"，甚至"落叶都愁"，大抵如此吧。是啊，哪里有无端的冷落清秋、晓风残月，分明是作者感触的离情和别绪。那么，在登山临水、秋雁落晖之间，是断肠人在天涯，还是人在天涯即断肠？

我无从解答。惟有一事了悟：尝以坚强自居的我，并不似自己想象的那样。

译事非等闲

2008年11月下旬,我跟尤伦教授提出,很想翻译他发表在《伊利诺伊大学法律评论》上的一篇论文:A Nobel Prize in Legal Science: Theory, Empirical Work, and the Scientific Method in the Study of Law,不知他的意见如何,教授爽快地同意了。

这是我第一次翻译法理学文献,之前完成过的译作都只限于宪法学领域,跨专业翻译,对我来说是一个挑战。尤伦教授论文的内容涉及自然科学、科学哲学、经济学、法学等领域,只法学一造,就跨越合同法、侵权法、企业法等,其中不乏具体案例和相关理论。他的研究视角是法经济学,在阐明科学与科学方法的变迁历程的基础上,系统剖析科学方法在法学中的运用问题,论证法学研究的科学性质和发展前景,文字简洁舒展,平实晓畅,是那种"神奇化易"的大家风格,深入浅出,开合自如,读来明晰、优美,齿唇留香。如何将这样一篇英文翻译成同样水准的中文,难度不小。

但我乐在其中。除了参加项目规定的活动和旁听课程之外,业余时间几乎全部用在了翻译上,经常是早晨第一到办公室,晚上最后一个离开。从国内带去的袖珍版《牛津英汉双解词典》和电子词典都派上了用场,我惊喜地发现,办公室的角落里躺着一本厚厚的16开本英汉词典,上面满是灰尘,估计是我们前几届的项目成员留下的，已经被翻阅得卷边儿了。收录的单词数量很大、范围很广，在其他词典找不到的词，在这本词典都能找到，清楚的记得，论文原文中的一个词 Vulcan，我始终找不到合适的中文词，在这本词典中找到"祝融星"一词，很是专业和规范。有过翻译经历的人都会有一种感觉：英文原文的意思是自己能够理解的，但就是很难用准确的中文去表达，"心里明白，说不出来"，需要重新组织文字，更需要字斟句酌，反复锤炼。

尤伦教授非常支持我。就翻译一事，我们见面约谈了三次。对于我的问题，不论是专业上的还是文字方面的，他都耐心解答，听到我对某个句子的理解是准确的，他就大大地肯定我，并鼓励我说，他相信我的判断和能力。翻译的过程，是学习的过程，英、中文素养在不知不觉中提升。难怪有学者认为，翻译是提高写作能力和水平的有效途径，这样的说法是很有道理的，我觉得自己现在的文字风格很大程度上得益于对这篇文章的翻译，所谓潜移默化的意思大抵如此吧。如果说一般的译者在翻译过程中是跟原文作者在文字中对话，那么我的幸运在于，不仅是在文字上对话，更能够与原文作者面对面地对话，而尤伦教授春风化雨的启发与引导，让我这个学生十分受益。不久，尤伦教授写了一份正式的翻译和发表授权书给我，让我觉得相当有"学术范儿"。

我对自己的基本要求是：译文尽量做到准确、通达、雅正，不能犯常识性错误。一直记得尤伦教授讲过的一个故事，并引以为戒。1990 年代，他是复旦大学福特基金学者，有一次受邀到一所大学演讲，担任口头翻译的是一位年轻教师，小伙子英语很好，也尽心尽力。报告结束之后，尤伦教授按照常例对听众说："Please feel free to ask questions. "年轻人把这句翻译了出来，结果满堂大笑，教授莫名其妙，不知何故（这句话并不好笑）。过了几天，翻译找到教授,诚恳地说:我非常抱歉,没有很好地完成翻译工作。教授很奇怪:你做得很好,为什么说这样的话呢?翻译说:那天你说"Please feel free to ask questions."我一时没弄明白,就根据字面意思翻译成:"Professor Ulen would like to answer your questions at no charge."也就是"尤伦教授很乐意免费回答大家的问题。"难怪同学们笑了。初次听到教授讲起这个故事是在他的法经济学课上,好像是第一节课,我就坐在下面,课上的学生又笑了一次。后来,尤伦教授来南京大学法学院讲座,开场之前先问我,这个故事我讲过没有,我说没有,他又讲了一遍,结果在场的学生有的笑了,有的没笑。

确实,翻译不是一件简单容易的事情,必须认真对待。初稿完成后,我请自己硕士和博士阶段的导师张千帆教授提意见。张老师在美国留学十六年,获得生物物理学、政府学两个博士学位,可谓学贯中西、兼通文理,对我的译文最有发言权。他对相关内容进行了修改和润色,并解答了不少的疑问。好朋友王凌皞先生,法理学功底和英文水平都相当出色,应我之请,对法理学领域的几个专有名词进行了辨析和解读,并为我提供了关于法理学研究的背景知识和相关材料。我在加拿大读书的女儿,仔细通读了我的修改稿,在文档旁边作出密密麻麻的批注,不放过任何细微之处,指出了多个错译的句子和单词,提出了相应的改正建议,全然是掏心掏肺。我着实感慨:常言道,"一个好汉三个帮",真的是一点不假!

译文发表的过程也不容易,几经辗转,终于在2014年问世。不过,究竟质量如何,或许只能由读者评说了。

感恩节

在美国，每年十一月的第四个星期四是感恩节(Thanksgiving Day)。根据 Emily 的介绍，感恩节的第二天被称为黑色星期五(Black Friday)，是一年之中最大的减价销售日。黑色之说的根据是，不少零售商正是从这一天开始才获利的，之前赚不到什么钱，他们一年的利润靠得就是从感恩节到圣诞节之间这段日子的销售，感恩节预示着商家一年财富机会的真正开始。所以，各种广告宣传在节前轰轰烈烈的开展，热闹非常。

对于普通美国人而言，感恩节是全家团圆聚会的日子，跟中国的中秋节有某种共通之处，其重要程度仅次于圣诞节。2008 年感恩节，我是在 Forrest 教授家度过的。

Forrest 教授的大儿子、小儿子小儿媳、孙子孙女、女儿女婿、外孙都回来了，“外人”只有 Joe 和我。Joe 是神父，自然是重要的，因为感恩节的传统项目之一就是举行宗教祈祷仪式——虔诚地感谢上帝的恩赐。那么我呢，显然 Forrest 夫妇把我当作了家庭成员，所以也邀请了我，我十分高兴能够有机会加入他们。

大人们照例是忙碌的。Forrest 教授和太太、女儿、小儿媳在厨房和餐厅之间进进出出，在餐桌上铺好鲜艳的台布，端上漂亮的蜡烛台,摆好各式餐具……,我问美国 Mom(Jeanette)有什么事情我能够做的,请分派我,她说没有。看到实在插不上手,我就拿出相机帮大家伙儿拍照。孩子们的快乐无处不在,他们打闹、嬉戏、追逐,楼上楼下地跑着、跳着,几乎片刻不停,特别是小孙女 Cici,活泼好动,天真烂漫,惹人爱怜。两个儿子和女婿陪着 Joe 聊天,他们看上去谈得很投机,不时发出阵阵笑声。屋子里洋溢着温馨暖意。

火鸡是不可或缺的"主打菜",Forrest 教授早就准备好了。他是个烹调高手,我每次来家里吃饭,他都会亲自下厨,烹制各种菜肴。在他家的花园里,摆着一个大大的烤箱,天气暖和的时候,他会在花园里烧烤食物招待客人,大家一边吃着美味,一边欣赏着花园里的花草、树木、果实,很有野炊的闲适感觉。他和夫人的热情好客,殷勤周到,也是遐尔闻名。

我走进厨房想拍一张烤火鸡的照片,Forrest 教授正在那里把调味料涂到烤好的火鸡上,看到我进来,他笑着示意我走到他跟前去。他用刀在火鸡上削下一片,递给我,让我先品尝,像是对待自己馋嘴的儿女,我赶快吃掉了,口感醇香浓郁,果然风味独特。那一刻,我有些恍惚,记忆中,这样的画面和瞬间只存在于我的父母与我之间。从小到大,我都是父母最疼爱的孩子,每当我凑到父母身边看他们做了什么好吃的菜,他们常常会用筷子夹起一块来让我尝,母亲总说我是有口福的。恍惚中感到自己的眼睛有些湿润,随即被心里涌出的幸福感所包围:啊,Forrest 教授真的是把我当成了他的中国女儿!

那顿饭吃进了不少美味佳肴,也收获了满满的幸福。感激和怀念无疑是感恩节的主题,我至今仍然感念美国 Mom 和 Dad 的温暖情意。

这是一个好问题

2008 年 12 月 5 日，Brian Gaines 教授，伊大政治系政治与公共事务专业教授，主持了我们项目每周一次的讨论会，主题是美国大选。

或许与大选年有关，项目先后安排了两次与选举有关的讨论会，另外一次在 10 月 3 日，来自政治系的 Mark Leff 教授从宏观上介绍了美国选举程序，用 Emily 的话说，这是令我们所有人都感兴趣的话题，尤其是今年。2009 年 1 月，Leff 教授发表了一篇相关论文“How do Obama’s Challenges Compare to Those Faced by FDR in 1933?”其将奥巴马今天所面临的挑战与 1930 年代罗斯福总统的艰难情势相类比，旨在预测和阐释奥巴马当政后可能遭遇的困顿，Emily 还特意发邮件告诉我们这篇文章的网址，提醒大家有时间阅读。

Emily 在 10 月下旬就通过邮件提前布置了 12 月的讨论会。她告诉我们，Gaines 教授不要求大家阅读他之前提供的阅读材料，而是要求我们每个人负责一个州，他安排我们每个人观察具体一个州的选举情况，在讨论会开始前，他将提问我们，这些情况包括总统选举，参议院或政府竞选，联邦众议院、州立法机构的选举，以及任何关于投票选举的其他问题。Gaines 教授安排大家观察的州有佐治亚、华盛顿(州)、路易斯安那、伊利诺伊、俄亥俄、宾夕法尼亚、佛罗里达、西弗吉尼亚、明尼苏达，因为这些州每每是民主党和共和党竞选激烈的“战场”，它们的选举结果对大选结果起着至关重要的决定性作用。我被指定负责的是西弗吉尼亚州。

讨论会非常有趣。Gaines 教授果然挨个儿提问大家，每个人都说明了自己负责的那个州的选举情况，大家的积极性很高，参与意识很强，气氛很热烈，不时发出笑声。我自然不甘落后，会议之前做足了功课，把资料收集整理清楚，解说时，英文也比平日流利了许多，还主动向 Gaines 教授提了一个问题：当总统之位和国会议席分别由两个不同的政党把持时，是否就会发生所谓分裂政府的情况？比如，小布什总统是共和党，众议院的多数议员却是民主党。教授说，你的问题提得很好，这是一个好问题。接着进行了耐心解答，在他看来，这是民主选举过程不可避免的情形，正是因为如此，政府才可能处于制衡之中，当然，效率上或许有损失。

我特受鼓舞，要知道，这是我第一次得到教授的如此肯定，也感到有点意外，在所有同事中，我的口语是比较差的。不过，要说认真程度，我确实是可以算得上的，虽不是头一名，也应该是最用功的前几名。或许是因为我态度认真吧，投入了时间和精力，老老实实地把教授的“作业”不折不扣地完成。再想一想，好像觉得也是应该的，谁让我是宪法学教授呢，如果连选举这类问题都不能够很好把握，那也太有失专业水准了。

老白，老白

Curtis Blaylock 先生，一位伊大退休的西班牙语教授，是 Mike 的 host family。他 70 岁左右，身材中等，非常健壮，喜欢穿色彩鲜艳的衣服，为人开朗率直，特别友善，项目的很多成员都得到过他的帮助，他像是所有人的 host family。Mike 亲切地叫他“老白”，大家也都跟着叫“老白”。

老白第一次带我们出去旅游是去密歇根湖。那是 2008 年 8 月间，同行的有 Mike 和 David 以及厦门大学的席老师（教育部留学基金委支持的访问学者）。老白开着他的灰蓝色日本丰田轿车，准备了满满两个箱子的食物、饮料，为了保鲜，箱子底下铺了一层冰块。一路上大家说说笑笑，老白不停地讲些有趣的故事，还提起第一次在重庆的西南大学跟 Mike 见面的情景，他当时觉得这个年轻人非常腼腆，这也是我对 Mike 的第一印象。

老白是个细心的人，他了解到我的专业是法律，很想去法院参观，就暗暗记下来，打算一有机会就帮我实现愿望。机会很快来了，香槟的联邦地方法院要开庭审理一起刑事案件，被告是一位西班牙人，来美国时间不长，英语不熟练，法庭给他聘请了一位翻译，就是老白。老白向法院提出要带几个 Freeman Fellow 去旁听，获得了批准。

我和 Mike、David、Edward、Sam 兴冲冲地跟着老白来到法院。这里的安检十分严格,在法院一楼大厅,有专职人员负责安检,每个人都需要通过专门的机器检查,就像机场那样,不准带摄像机、照相机、录音设备、手机、电脑、手包等,凡带去的这些东西都要存放在大厅准备好的储物柜里,我留下一个英汉电子词典,起初安检人员也认为不可以,老白上前说了说,他们就放行了。

我们和老白先来到二楼的办公室参观,很多工作人员都跟老白打招呼,显然他是常客,然后一起走到三楼的法庭。老白把我们五人安排在旁听区,他进入到庭审区,直接坐在了被告旁边,工作人员宣布开庭后,全体人员起立迎接法官到席。只有一位法官审理(在美国联邦法院体系中,地方法院是最低一级法院,案件通常由一位联邦法官独任审判),法官问一句,老白翻译一句给被告听,等被告回答后,老白再把他回答的西班牙语翻译成英语。被告瞥见了旁听席上的我们,朝大家似笑非笑地点点头。审理过程持续了大约一小时。庭审结束后,主审法官特意留下来跟我们交谈,问我们何时来的美国、为什么有兴趣来旁听等。当知道我是法学教授后,就问我中国目前有多少个法学院,凭着印象,我回答说大概有 60 多个,法官觉得这个规模不算大。事实上,我弄错了,后来我才知道,应该在 60 后面再加个零,据统计,全国有 600 多个法学院系,已经在数量上赶超美国了。

2008 年圣诞节前夕,老白来到我们的办公室。他的头上戴着圣诞老人才戴的那种帽子,胡子是天生的,而且往上翘,慈祥地跟大家说圣诞快乐,还送给每个在办公室的同事一人一枚纪念金币,楼上楼下都回响着他爽朗的笑声。老白真的是圣诞老人哎!

喜与悲

对于伊利诺伊州人民来说，2008 年非同寻常，在这一年，他们经历了大喜大悲。

喜的是，州参议员奥巴马当选为美国总统。奥巴马将是美国历史上第一位非洲裔美国人总统，也是从伊州走出的第二位总统，第一位是林肯总统。伊利诺伊，这个历史上素以自由平等著称的州，为合众国贡献了两位总统，更有趣的是，两位总统都与自由平等相关，一位解放了黑人，一位就是黑人。

这是历史的巧合？还是宿定的天意？我们很难说清楚。不过，至少有一点是明晰的，那就是这个国家一直在往前走，在向一个更加合理的方向发展。在这其中，宪法发挥了重要作用。如果说美国联邦宪法最初的目标定位是自由，那么在内战后，则又增加了一个新的价值：平等。1868 年批准的宪法第十四条修正案第一款规定："……任何一州，都不得制定或实施限制合众国公民的特权或豁免权的任何法律；不经正当法律程序，不得剥夺任何人的生命、自由或财产；在州管辖范围内，也不得拒绝给予任何人以平等法律保护。"当然，平等的进程并不顺利。直到 20 世纪 60 年代，美国一些州的某些立法依然与平等保护原则相悖，比如，当时全美有 16 个州的法律禁止黑人和白人通婚，违者须承担刑事责任。在

1967 年的 Loving v. Virginia 案,联邦最高法院判决弗吉尼亚州禁止黑人和白人通婚的法律违反宪法第十四修正案的法律平等保护原则,至此,16 个州禁止黑人与白人通婚的法律才失去效力,而距离宪法第十四修正案通过的时间已经一百年。

其实,州政府的歧视性立法在一定意义上只是对不平等事实的维护或者是缺乏改变已有歧视立法的动机或动力,因而对于第十四修正案的平等要求采取了消极的立法不作为的态度。歧视更大程度上来自于根深蒂固的文化基因或者传统惯性,宪法层面的努力只能部分地消解问题,在宪法管不到的领域——宪法只能约束政府,歧视始终存在,甚至大行其道。换言之,一个人有权要求政府平等地对待自己,但不能要求其他人不歧视自己。伊利诺伊州的自由平等之风向来盛行,回想内战前的 Scott 案,Scott 当年就是因为曾在伊利诺伊州——即禁止蓄奴州以及当时路易斯安那北部禁止蓄奴地区——居住,才有资格在密苏里州法院提起获得公民身份的法律诉讼的。从时间上看,伊利诺伊州要比她的邻居密苏里州的平等历史更悠久,很难想象,如果林肯是密苏里州的联邦国会议员,他能否当选为总统。即便如此,如果说歧视现象如今已经在伊利诺伊州荡然无存,却是不顾事实的妄言和臆断。否则,我们很难解释,为什么 Emily 的 1990 年出生的混血外孙,读小学时还会被同学歧视。歧视就像是某种流淌在血液里的物质,与生命如影随形。

当然,今天非常确定的是,任何人在公开场合发表歧视性言论,都需要承担消极后果,尽管不一定是法律后果。在种族问题上不能够“胡说八道”,已经成为美国社会无形的“政治正确”原则的要求。无论如何,平等之途的艰难是不争的事实,奥巴马当选为美国总统,是美国平等进程中的一个里程碑。

悲的是，州长被弹劾。就在奥巴马总统竞选获胜后不久，传来了伊州州长罗德·布拉戈耶维奇（Governor Rod Blagojevich）因为腐败而遭弹劾的消息。这位民主党州长，曾以年轻有为、才干出众、政绩显著而享誉州内外，却最终步了前任州长落马的后尘——说伊州州长是“前腐后继”，不算夸张。

腐败是一种世界性的疾病，只要有政府、权力存在的地方，腐败就会滋生，美国也不具有天生的免疫力。腐败在世界各国普遍存在，所不同的或许只是程度上的，迄今为止还没有一个国家是“零腐败”记录。作为州长的布拉戈耶维奇，在其任职期间曾经赢得“廉洁先生”之美称，一度是政治魅力十足的民主党新锐政治家，仕途通达，深得众望，前程光明，但还是没有抵抗得住“权力腐蚀律”，因涉嫌多个腐败行为而被联邦调查局特工逮捕，其中最醒目的指控是其涉嫌倒卖奥巴马当选总统后留下的伊利诺伊州参议员的空缺职位。根据伊州法律，州长有权在州参议员职位出现空缺时，任命新参议员。在经过一系列调查和听证程序后，伊州参议院以 59 票同意、0 票反对的表决结果，通过弹劾案，布拉戈耶维奇被弹劾下台，成为伊州历史上第一位被弹劾的州长，参议院认定他滥用职权。接下来，等待他的是法院刑事审判程序对他的法律制裁。

尽管“见怪不怪”，州长被弹劾仍然是一件让人难过的事情。伊利诺伊大学的学生报纸 THE DAILY ILLINI，以 SAD STATE OF ILLINOIS（悲伤的伊利诺伊州）为首版头条新闻标题，刊登了州长的大幅照片。或许这个标题表达了伊州人民的普遍情感，这一打击所造成的痛苦，抵消了因为奥巴马当选总统所带来的喜悦，甚至可以说，痛苦超过了喜悦。或者说，尽管罪责是州长自己的，受到伤害的却是州的人民。州参议院弹劾法庭的所有程序都是公开的，并向媒体开放，人们可以通过观看电视直播了解整个过程，包括州长为自己的辩护。他的侃侃而谈,州的人民是熟悉的,当初选他的时候,就已经见识了他的口才,现在他出现在州参议院的弹劾法庭上,需要说清楚自己的问题(当然他为自己的澄清是否能够为参议员们所认可,另当别论),就像竞选州长时说清楚自己的主张一样,因为人民同样有权利知道。

弹劾发生在当选之时,无异于耻辱与光荣同现,让人多少有些世事无常之感,或许这正应了中国的那句老话:福无双至。但无论是福是祸,人民选择了,就要承受,这是民主社会的基本道理。

理性的粉丝

如果说非常关注某个人就意味着是他或她的粉丝的话，那我可以算得上是奥巴马的粉丝。

我十分欣赏奥巴马初次竞选胜利后在芝加哥庆祝会上的演讲。那天，有不少人从香槟专门驱车去芝加哥参加晚上在格兰特公园(Grant Park)的集会，亲临现场感受热情和分享喜悦，我是第二天从网上观看的演讲视频。奥巴马挺拔潇洒，夫人斯文大方，两个女儿举止得体。演讲词相当有水准，堪称是对美国自由理念和平等精神的当代诠释。无论如何，作为非洲裔美国人的奥巴马当选总统这件事本身，就可以认为是美国民主发展的新阶段。特别是主题词“YES，WE CAN”令人振奋：这是一个前行的国家，一个变革的社会，一个承载历史又寄托未来的民族。词写得好，讲得也好，奥巴马的英语洪亮、悦耳，或许是因为做过老师，速度、音量、节奏把握得都很到位，极富质感和活力，在我看来，其清晰、优美的程度仅次于尤伦教授。

民主是官员取悦人民的制度，而不是相反。当官员职位的获得和权力行使的效果取决于人民的支持、认同，而不是强迫人民接受的时候，民主的意义便在其中了。这也是为什么在经典作家那里，专制与民主都意味着人与人平等，但存在本质差异：前者的平等是“人民什么都不是”的平等,后者的平等是“人民什么都是”的平等。确实,民主的平等给每个人以尊严、以机会。据说,当年第一任总统华盛顿到期卸任后,几乎所有的美国人都对他们的共和政体充满了希望:总统真正成了选举意义上的职位,而不是终身的职位,华盛顿开了一个好头。尤其是美国的母亲们备受鼓舞,因为她们相信,在这样的体制下,他们的儿子有可能成为总统,所有的母亲都满怀期待,尽管不是每一个儿子都能够成为总统,但通往白宫之门是向每一个人打开的。

当然,当选总统,不仅是家人的骄傲,也是所在地区人民的骄傲。作为一个外国人,我好奇的是:奥巴马在当选总统之前,是芝加哥大学法学院的宪法学教师,芝大法学院会如何对待这位前职员?

带着这样的疑问,我在 2009 年 5 月到芝大一看究竟。法学院一楼有一间教室是奥巴马曾经讲授宪法学课程的地方,对此,教室外面的墙上专门标贴了说明,还附有奥巴马的照片,其他的,看不出有什么特别渲染或追捧之处。法学院一楼、二楼走廊的墙壁上,悬挂着好多幅法学院贡献卓著的知名教授的画像,我浏览了一下,好象没有奥巴马的。不过,这并不意味着这里的师生不在意前教师当选总统一事,当我向一位学生询问哪里可以看到有关奥巴马的信息时,她很高兴地指给我教室的位置,并向我介绍情况,还帮我拍照,看得出,她是很为这位校友自豪的。我特别注意到,法学院一楼大厅里,有一尊牛的雕塑,我没有打听其来历,牛,或许跟芝加哥这个城市有关,当然,在一个中国学者眼里,也可以作另外一种解释:奥巴马出生于 1961 年,按照中国传统的生肖属相,奥巴马正好属牛呢。

电视观礼

2009年1月20日，奥巴马总统就职典礼在首都华盛顿举行，伊大组织了专门的电视直播活动，向学校师生和当地居民开放。礼堂里用于直播投影的屏幕很大，足可以放映电影，Emily、Bob、Feng和我一起参加了电视观礼，在第一时间目睹了仪式盛况。

总统就职仪式可以算得上是美国政治生活中的一件大事，其意义在于让所有人见证民主社会权力交接的庄严时刻。在这个时刻，有鲜花、掌声和欢呼的人群，有激动人心的演说，更有国家责任的传承。前任与后任之间是和平继任关系，不是你死我活关系，这与非民主国家根本不同，在那里，权力交接的过程往往伴随着刀光剑影、流血冲突，甚至会上演着父子反目、兄弟相残等人间悲剧。权力行使者的变更不受制于周期性的民主选举，拥有权力的人害怕失去权力，失去权力，就意味着失去了一切：幸福、自由、乃至生命，他不知道失去权力的下一秒，等待他的将会是什么。在骄横和恐惧的复杂心理笼罩下，他千方百计地要把握权力，只要一息尚存，就决不放弃自己的权力。可以说，民主国家重写了权力的历史。

奥巴马的就职典礼甚为隆重。一切按照程序和节奏进行，必须到场的人员悉数到场。仍然健在的卸任总统作为嘉宾出席，我们看到了卡特、老布什、克林顿,他们的到来引起了现场集会人群的一阵阵欢呼,特别是克林顿一亮相,人群几乎是欢声雷动,大家对他的欢迎程度似乎并不亚于奥巴马。或许人们早已淡忘了他的性丑闻和弹劾案,还是喜欢这位有着非凡个人魅力的前总统,作为总统,行为上的不检点,确实会给自己和政府带来负面效应,但国家并不会因此而完蛋。正如波斯纳法官在 *An Affair of State: Investigation, Impeachment, and Trial of President Clinton*(《国家事务:对克林顿总统的调查弹劾与审判》)一书中所言,如果有人认为,美国有了这样一位总统,美国就不行了,那是误解,美国体制已经发展到这样一个阶段或者程度:不会因为一个人的错误或者是失误而受到任何影响。

有意思的是,观看电视直播的观众几乎和在仪式现场的人们一样激动,他们也挥舞着国旗,欢呼雀跃,不停地发出掌声和笑声,那情景如身临其境,所以感同身受。

不可否认,民主社会还是存续着贵族社会的影子,这集中反映在就职典礼的新总统宣誓仪式上。美国联邦宪法明确规定合众国不得授予贵族爵位,也禁止各州授予任何贵族爵位,但同时规定:总统在开始执行职务前,应作如下宣誓或代誓宣言:"我庄严宣誓(或宣言)我一定忠实执行合众国总统职务,竭尽全力维护、保护和捍卫合众国宪法"。事实上,与爵位一样,宣誓也是贵族制的产物,它意味着荣誉、信誉、名誉,意味着言明心志、人而有信、恪守承诺,只有贵族才视荣誉为至上追求,可以为此生、为此死,比如中国传统文化中就有"士可杀、不可辱"的格言。不过,这样的贵族元素丝毫不会令总统这个职位蒙羞,相反,正是因为有了宣誓这一程序要求,就任的总统才会更加确认自己的职责,如果说宣誓意味着荣誉,那么,这不仅仅是总统的荣誉,也是宪法的荣誉和整个国家的荣誉。

奥巴马的宣誓词也是如此。在联邦最高法院首席大法官罗伯茨(Chief Justice Roberts)的主持下,奥巴马左手放在圣经上,举起右手进行宣誓。值得一提的是,奥巴马宣誓所用的圣经,是一个多世纪前林肯总统宣誓时用过的那本,可见林肯作为精神导师对奥巴马的影响。还有一个小插曲:不知道罗伯茨是因为紧张还是因为激动,在领誓过程中,说错了一句话,奥巴马也跟着说错了,为了慎重起见,就职典礼结束后,在罗伯茨的主持下,奥巴马又宣誓了一次,以修正上一次的瑕疵。至此,奥巴马创造了两项美国历史上的第一记录:第一位非洲裔美国人总统、第一位在首次就职时宣誓了两次的总统。

年夜饭

2009 年牛年春节,我在香槟度过,伊利诺伊大学东亚与太平洋研究中心主任 Poshek Fu 教授请我们项目成员吃了一顿年夜饭。

Fu 主任是历史学教授,华裔美国人,从小在香港长大,后来到美国读书和工作。他获得斯坦福大学历史学博士学位后任教于伊大历史系,研究领域主要涉及现代中国大陆和香港、大众文化、电影研究,特别注重社会、文化史与中国大陆和香港电影的交叉研究。其代表作 *Between Shanghai and Hong Kong: The Politics of Chinese Cinemas*(《上海与香港之间:中国电影政治》),由斯坦福大学出版社于 2003 出版,在学界具有广泛影响。Fu 教授为人十分亲切和宽厚,属于谦谦君子那种类型,既有中国传统知识分子的儒雅,又有美国教授的随和。2008 年 9 月,他开始担任东亚中心主任,上任之初,他就分别约我们见面谈话,了解每个成员的专业和研究,询问需求和建议,给大家提供相关信息和资源。他对我访问期间的研究主题和计划很认同,也非常支持,我很感激。

年夜饭安排在一家中国餐馆,十分丰盛,满满一大桌子菜,口感温和适中,真让我和同事们解馋。Fu 主任和我们边吃边聊,气氛轻松愉快,大家谈家庭、谈生活、谈美食,话题没有拘束。我们向

Fu 主任谈起中国年俗和当下流行之风，当然，各地又有差异，地方特色还是比较突出的，南、北、东、西都不太一样。不过，无论在哪个区域，年夜饭都是要吃得，这是农历除夕（一年最后一天）全家人团聚在一起吃的饭，对于个人、家庭意义重大。我们都非常感谢 Fu 主任如此周到的邀请和安排。

确实，在中国，饮食已经成为一种文化，不再是简单的吃喝而已，这在世界各国都是比较特殊的，尤其是节日的餐饮被附加了更多的传统色彩和吉祥寓意。有时，一顿饭的作用可以抵得上千言万语，餐桌的功能并非只是吃饭，还有交流和满足、关切和温暖、和睦和兴旺。年夜饭更是这样，在异国他乡，年夜饭无疑成了故土的象征，足可以在很大程度上消弭思亲之苦。

记得以往和父亲母亲一起过年时，母亲忙着准备各种饭菜，父亲在一旁帮着做些辅助性工作，吃年夜饭时，父母亲总是笑眯眯地让大家多吃些。到了大年初一，父母跟往常一样起得很早，母亲包好饺子和汤圆，父亲负责煮熟，我们这些睡懒觉的孩子，无论几点起床，都能吃到热腾腾的早饭。母亲包饺子的手艺特别出色，和面、调馅非常精细，无论荤素，口味都非常好。吃母亲做的饺子是过年的标志之一，那是家的味道。

吃在法学院

伊大法学院的 Free Lunch 是有名的。每个周四下午,院里提供免费的简餐、点心、饮料、水果等,所有师生员工都可以随意享用,那个时间法学院的一楼大厅通常人头攒动。周四在法学院听课时,我一直不好意思去吃这个免费餐,因为觉得自己不是法学院的一员,作为一个"外人",是不应该享受这里的"福利"的,这笔费用来自于已经毕业的法学院校友的捐助。我在 Freeman 项目办公室跟几位同事提起此事,Mike 说:你不吃他们的东西是对的,你吃了,就成了他们的人。这让我想起"既吃了我家的茶就要给我家做媳妇"的话,不吃,好像就没有什么亏欠了。

当然,例外也是有的。尽管不是吃的"周四餐",而是其他"名目"餐,但都是免费的。有两次全院性的"大餐"印象深刻。一次是法学院中国留学生(以 LLM 学生为主体)举办的"中国日"Free 餐会。那是在 2009 年正月里,我吃了他们的汤圆和水饺,很是满足,过年怎么能不吃这两样?就是在那次餐会上,我认识了后来的两个好朋友:薛颖和王尔吉。记得尤伦教授也去吃了饺子,他告诉我他喜欢中国食品,我问他是否是因为在上海做了一年福特学者的缘故,他说是有关系的,他还提到中国当下正在流行"HAPPY 牛 YEAR"之说,我非常惊讶:"你连这个都知道!"看来,虽然不会说中文，他对中国的关心和了解并不少。

另外一次就是 Dean Smith 就职典礼的招待餐了。那日正好赶巧，我在法学院图书馆看书，有个朋友说，待会儿有 Dean Smith 的就职典礼，去看看吧。我还没有参加过这样的活动，就兴冲冲地去了。果然很精彩，教师和学生参加的不少，可以说是座无虚席，副院长主持，特邀贵宾致辞，新任院长讲话。整个就职仪式大致进行了 25 分钟，紧凑、轻松而富有生气，笑声不断。美国人其实也是一个很“煽情”的民族，他们总会把一些看似平常的活动安排得让人动容。当完成就职仪式后，Dean Smith 拥抱他的妻子、母亲并和他的父亲握手的时候，在场的每一个人无不为这样的场面而感动，接下来的是经久不息的掌声。再接下来就是 free 的招待自助午餐。

不过，要说“日常餐”，吃得最多的当数尤伦教授的 Free 披萨饼。尤伦教授时而外出参加学术活动，耽误的课程需补（Make up）回来，补课通常安排在中午时间，因为一般中午是不排课的，教授就顺便解决学生们的午饭问题，当然是他自掏腰包。上课前，披萨饼店的伙计把披萨饼、可乐送到教室最前面一排的课桌上，可谓品种繁多，口味齐全，数量充足，学生们自觉地排着队前去拿取，吃多吃少，全无定数，悉凭己愿。这样一来，“搭便车”在所难免，不少“生面孔”——不是选尤伦教授这门课的学生——也来“蹭饭”，其中是否有外系外院的学生就不得而知了。尤伦教授似乎并不在意，看到学生们吃得高兴，他也吃得高兴——尽管每一次，他都是最后一个去拿披萨饼。

很可惜，没有拍一张披萨饼的照片留着，现在想起来，还真有点馋呢。

美女同道

法学院的 LLM 薛颖女士和 JD 王尔吉女士是我的好朋友,一个是 70 后,一个是 80 后,我与她们姐妹相称,两位都是才貌双全的中国美女留学生。

薛妹妹毕业于山东大学,已经工作了几年,然后申请来伊大读 LLM。她的爽朗、热情、坦诚、勤奋令我印象深刻,我们经常交流。她是那种事业心强同时也在意家庭温情的人,爱父母,爱丈夫,她远在国内的丈夫非常支持她的学业,来美国读书的费用就是她和丈夫几年的积蓄。她计划 LLM 毕业后申请读 JSD,后来果然如愿。聊的多了才知道,她的童年生活并不十分幸福,给她留下了些许阴影,但她始终保持着生活的热情和进取的劲头,让我既钦佩又感慨,钦佩的是她的乐观和坚毅,感慨的是,虽然有“挫折是财富”一说,但很少有人能够像她这样,在经历了挫折之后还能够面带笑容地对待世界和自己的,一个外表柔弱的女子,却有一个强大的内心。

除了学习成绩优秀之外,薛妹妹的能力也是有目共睹的。2009 年春节,法学院举办了一个中国美食节,薛妹妹是主要策划和组织者,要让美国同学了解中国,食品是很好的媒质和中介。活动有声有色,很是成功,吸引了不少老师和学生来品尝和评价。那一周，法学院一楼大厅里飘散着中国美食的香味，也洋溢着浓浓的新年气息。善于跟人交往和沟通，是薛妹妹的优势之所在，这一点非常重要，或许是来自学生时代的经历，或者跟她有过几年的工作经历有关，她在学生时代就做过学校的学生会干部，看来是锻炼过的。

王妹妹是08级JD学生中唯一来自中国大陆并在大陆完成大学教育的学生，她本科读的是英语专业，性格沉静，大学毕业后直接考进了伊大读JD。王妹妹的聪颖和刻苦是有口皆碑的，成绩优秀，在同一年级的180多位JD学生中，她第一年的学习成绩在前30名之内。这意味着她有机会毕业后直接进入芝加哥的大律师事务所，起薪即是10万美元。这样的成绩不是轻易就能取得的，要知道，她的竞争对手绝大多数都是土生土长的美国学生，无论在语言上，还是在知识背景上，她都不占优势，却能够取得这样的好成绩，可以想象她的付出。2009年春季，我和王妹妹同上一门宪法学课程，每次我因为参加项目活动不能去法学院听课，王妹妹都会把她的课堂笔记发给我。她的笔记做得特别好，条理十分清晰，看了之后，基本上可以把握住教授上课的思路和内容。从笔记中也能够看出，她的英文写作的能力很强，可见本科基础是扎实的，这或许是她第一年JD课程学习非常成功的一个因素。

JD功课压力巨大，每晚一两点之前睡觉的学生不多，王妹妹的不少同学都得了神经衰弱。有一位女生，在第一学期期末考试复习期间，精神差点崩溃，感觉自己学不下去了，于是向院里提出要退学。分管JD的副院长耐心地听完这位女生的叙述和要求，然后对她说：如果是一位一般的学生，我会毫不犹豫地在退学申请上签字，但是，你不同，你非常优秀，我不能签字，因为我相信你只是一时没有调整好自己的状态，所以才会出现目前的情况，我相信再经过一段时间,你是能够调整好的。后来,这位女生恢复了正常。我听到这个故事时,一方面认识到JD学习的不易,在压力如地狱般的法学院,有哪个拼命力争上游的学生,能够保证自己不会偶尔被魔鬼附身呢?另一方面,也着实欣赏这位副院长的教育方式,如果说其做的也是"思想工作",那么,这项工作不仅仅依靠说教,还需要尊重和智慧。

回国后,我跟薛妹妹在北京见了一面,那时她已经开始读JSD,估计现在已经毕业了,王妹妹也应该在2011年毕业,祝愿她们学业有成,事业风顺,家庭和美。

青年俊彦

法学院的王凌皞先生，是浙江大学与伊利诺伊大学联合培养博士研究生，他的聪慧、稳重、好学给我留下了深刻印象。

在我看来，凌皞是个天生做学问的人。所谓上天造物，为每个人确定了不同的禀赋，好让这个世界多姿多彩。凌皞无疑是这个多彩世界中沉静的一员，是一个能够长时间坐冷板凳而不感觉寂寞的人。我每次去法学院图书馆，都能看到他在阅读，外面的世界如此热闹，他却可以埋头于书本，着实难得。

更难得的是，我们很谈得来。对许多问题的看法非常一致，能够产生不少共鸣，比如，我们都非常喜欢香槟，喜欢这里的安静、平和、闲适，可以远离喧嚣，抛开许多杂念，专注于自己的学习和研究。他跟我谈起，来美国之前，选择学校的时候，就考虑到香槟的偏僻是它的优点，是一个读书的好地方，来美国后，他越发觉得自己的选择是对的。

毫无疑问，凌皞是幸运的。伊大法学院教授以 nice 著称，他们的敬业、尽职是有名的，他们不会因为忙于各种各样的公共事务而忽视课堂教学和对学生的指导，会把精力用于自己的教师本分，认真对待每个学生。法学院的宣传片中有这样一句话：教授办公室的门永远向学生开着。确实是这样的，office hours 是不必说的，教授一定在,如果不是 office hours 时间,教授也接受学生的预约见面,常常在自己的办公室,等学生来问问题。我有一次去蹭课,教授发现了我这个“编外生”,仍然耐心解答了我的问题,实在让人感动和感慨:原来一切良好的声誉都不是没有由来的。我也更进一步地认识到:教师的天职是教书,尊重学生、爱护学生,耐心细致地教育学生是最重要的工作。伊利诺伊大学是一个好的榜样。

凌皞的导师索勒姆(Solum)教授是法学院 Cribbet 教席教授暨哲学系教授,也是法学院分管教员和科研的副院长。作为导师,索勒姆教授跟凌皞每两周见面约谈一次,交流情况,及时指导凌皞的学习和研究,外出参加学术会议,也不忘带上凌皞,让他有机会接触本领域的学者,了解学界的最新信息和学术动态。凌皞特别珍惜这样的学习机会,积极主动地学习,来伊大不久,他就跟索勒姆教授商定了自己的研究主题和计划,并得到导师的肯定。后来,他们从师生变成了学术上的合作者,非常默契,合作研究成果不久就面世了。

在伊大访问的一年中,凌皞给了我很多帮助,我十分感激。尤其值得一提的是,正是他的建议,才有了现在这本书。事实上,写书的想法,最初就是来自跟凌皞的一次咖啡馆里的谈话。当时,我眉飞色舞地向他描述着我来伊大后的所思所想,他也特别有同感,对我说:你何不写一本伊大游学记呢?真是个好建议!

能够与凌皞相识,是我的荣幸。

知性贤妻

Hadfield 女士是伊大法学院的教授，我对她印象深刻。

与 Hadfield 教授相识，是在她主讲的美国法导论课上。那是她为 LLM 学生开设的课程，在 2008 年秋季学期。第一次上课时，通常每个学生都要作自我介绍，我也介绍了自己，表示很想听她的课，她说非常欢迎。下课后，我向她表示了感谢，她说，如果我拿听课单（所有来旁听的学生都要填写的）来，她会给我签字的。过了两周，我请她在我听课单上签了字，并简单跟她交流了我在这里的项目活动情况，自己的研究课题，说到自己的英语口语不太好，她十分真诚地对我说：已经很好了，我一句中国话都不会说。我很是感谢她的鼓励。

Hadfield 教授本科毕业于加拿大多伦多大学，后来在美国康奈尔大学法学院获得 JD 学位。Hadfield 教授的课非常受学生的欢迎，大家对她很尊重。她的发音非常清晰，语速中等，几个 LLM 学生告诉我，这门课是他们唯一能完全听得懂的课程。我也有同感。她特别长于将复杂的问题作简单化的解释和说明，让学生很容易懂，从她的课上，我学到了很多。可惜“好景不长”，大概开学四周后，我收到法学院教务老师的邮件，说是包括这门在内的两门课程是“不对外开放的”课程，通知我不能旁听。

真可惜！我就此专门写了邮件给 Hadfield 教授，告诉她我不能再去听她的课程及其原因，并感谢她接受我旁听的请求以及她的课程所给我的教益。她回信说，她很遗憾，为我没有机会继续听课而惋惜。

寒假之后的 2009 年春季学期，我有一次在法学院见到 Hadfield 教授，看上去她已经身怀六甲，却仍然坚持上课。大约五月份，我听薛妹妹说，Hadfield 教授生了一个男孩，母子平安。我请薛妹妹打听到 Hadfield 教授的住址，然后到花店订了一盆盛开着小花的植物送给她，并在贺卡上写上了我的祝福。我意外地知道，Hadfield 教授的丈夫是法学院的一位在读 JD 学生，很是惊奇：这里也有师生恋！薛妹妹告诉我，她的丈夫是一位中等身材的大胡子男士，擅于思考，口才特别好，常常在课上侃侃而谈，滔滔不绝。尽管知道他的特征，一直没有机会认识。凑巧的是，一天我去上导师尤伦教授的课，一位男士在课上慷慨陈词，声情并茂，我下意识地朝同来听课的薛妹妹看看，她跟我点点头，我就明白了，这位就是女教授的丈夫，果然出众，真是百闻不如一见。

后来，我听说，Hadfield 教授 2009 年秋季将离开伊大，去华盛顿特区担任某位联邦法官的 clerk。clerk 或 law clerk，一般译为“书记员”，也译作“助理”，是协助法官作法律工作的职位，主要任务是协助法官做法律研究、书写案例分析等，任期通常是 1—2 年。这个职位竞争十分激烈，只有最优秀的法科毕业生才有机会获得。据说，最基本的入职条件是在读 JD 时的成绩名列前茅，而且担任过 Law Review 的编辑。对于一个法律人士来说，曾经做过书记员的经历，是极其难得和重要的，会对职业生涯产生特别积极的作用，无论从事法律实务，还是进行理论研究，都是如此。据统计，不少杰出的学者和法官都有过这样的经历，比如，美国当代著名法理学家托马斯·格雷(Thomas C. Gery)教授在加入斯坦福大学法学院之前，就曾任联邦最高法院大法官 Justice Thurgood Marshall、哥伦比亚特区联邦上诉法院法官 Judge J. Skelly Wright 的 clerk。Hadfield 教授无疑是非常优秀的法律职业人。

2009 年，对 Hadfield 教授来说应该是人生的丰收年，双喜临门，真为她高兴！

课堂笑声

在法学院,Hamilton 教授的宪法学课上经常是笑声不断。

Hamilton 教授约莫四十岁不到的年纪,身材高大,声音洪亮,上课时精神饱满,思路清晰,脸上总带着灿烂的笑容。学生们被他的热情所感染,整个课堂充满了朝气和活力,同学们发言和讨论的踊跃程度非常高。

从客观上说,讨论式的教学方式,本身就是一种对话:老师与学生之间的对话,不是老师讲、学生听的灌输和说教,学生们可以对问题进行判断,发表自己的看法,当然也离不开老师的启发、引导。不仅如此,跟其他课程一样,宪法学的研究对象也是司法判例,不是抽象的、毫无生气的宪法条文,学生们能够"有话可说"。学习宪法的过程是愉快的,在思辩和对话中体会和领悟宪法精神。一位读 LLM 的朋友对这一点特别有感触,他本科毕业于国内一流名校,后来成为律师,他觉得来到伊大法学院学习,收获最大的不是合同法、侵权法、刑诉法等,而是宪法,他是 LLM 学生中为数不多的几个选修宪法学课程的学生之一。他感到这里的宪法教学与国内的反差太大了,宪法不是空的,而是一个个具体的案件,民主、自由、人权、平等,等等,也不是口号,而是在案件中得以体现和落实,完全改变了他对宪法的理解和记忆。我跟他说,这几年国内的宪法学也在改革和进步，至少我们学校的本科生所接受的就已经不再是干巴巴的教条式宪法学。

2009 年 4 月的一次课上，Hamilton 教授提到，耶鲁大学法学院代理院长将来伊大法学院参加学生的口头辩论比赛，他会邀请她和另外一个教授到课堂上来跟大家进行交流，如果同学们有什么问题请提前准备好，等等，这时有个学生冒了一句“I promise!”，接下来是一阵笑声，教授也笑了。还有一次，教授上课的第一句话就问，谁参加了上周末的马拉松比赛？大家笑了。一位女同学应声答道，我参加了。大家又笑了。

其实，法学院的不少教授都跟学生有一种“哥儿们”般的融洽和亲密。有一天，我在法学院的 Lobby 看到一位红头发的 30 岁左右的男教授，我心里直嘀咕：他的头发是天生的还是染的？如果是后者，也未免太新潮了。问了一位朋友后才知道，他的头发确实是染的，但不是为了新潮，而是为了兑现他对学生的承诺。学生们计划举行一次马拉松比赛，但没有经费，就向老师们募捐，他写了封信给法学院的同事们，大意是学生搞活动不容易，请大家支持。同时，他对学生说，如果你们能够募集到 2500 美元，我就把头发染红，果然募集到了这个数额，他也就如约染成了红头发。在一些节假日，教授们通常会邀请学生到家里做客，在温馨的家庭氛围中，跟学生一起用餐，轻松交谈，加深了解和沟通。

学期结束时，我写了一封邮件给 Hamilton 教授，表达我的感激之情，并告诉他，我和他的学生们一起分享了来自于他课堂的知识与快乐。

尴尬的学生

当学生的不免尴尬，法学院的学生也不例外。

在美国，法学院难考是有名的。尤其是TOP级法学院，更是竞争激烈。据说，当年小布什就没考上耶鲁法学院，只好去读了商学院。当了总统后，仍然有人拿这个说事儿，把他和同是耶鲁校友、却是法学院毕业的总统克林顿比较，说是商学院出身的总统，语言基本功和智商都令人怀疑。比如，挑剔的媒体曾经报道：小布什总统在一次公开讲话中连续犯了好几个语法错误。这当然是对政治人物的调侃、讽刺，甚至是恶搞。是啊，谁让你是总统呢？如果你不是总统，哪有人会在意你读的是法科还是商科呢？

考进法学院不容易，能够读下来就更不容易了。法学院学生的辛苦，只有经历了才知道。就拿课前预习来说，阅读量大得惊人，一点不轻松。几乎每一门课的教科书都厚得跟砖头一样，每次上课前，教授都会布置几十页甚至上百页的阅读内容，要求学生提前准备，以便上课时讨论。如果你没有预习，你只能祈祷自己好运，不要被教授点到名，否则，就"窘"大发了。你不用担心教授会叫不出你的名字，一般情况下，上本学期本课程第一节课的时候，教授会拿出一张空白的座次表，让所有选课的同学填写姓名，以后上课时，每个学生基本上就坐在第一节课填写的位置上，所谓"对名入座”。这样一来，教授很容易认识学生，而所有学生的课堂表现，也就“逃”不出教授的“火眼金睛”。

2009 年的春季学期，在 Mayor 教授的宪法学课上，我就碰着了一位“窘”学生。他显然是没有在课前预习阅读材料，硬是把一个“三权分立”问题，回答到了“联邦制”的路子上，完全南辕北辙——方向整个错了，真让人替他着急，课堂气氛顿时紧张起来。Mayor 教授的眼神依然慈祥，丝毫没有表现出不悦或者其他情绪，还是耐心地启发和鼓励他思考。而他“没预习就是没预习”，尽管使劲地想，仍无从下“口”。这时，有一位同学主动举手示意发言，接着把问题说得头头是道，分析时还引经据典，先例、学说一样不落，教授连连称许。好歹算是给那个同学“解了围”，大家也都跟着松了口气。

这样的尴尬我也有过。1999 年秋，刚回国任教的张千帆老师开了一门美国宪法方面的课，教学讲义放在院图书馆，学生可以复印，在课前阅读。他的课以讨论为主，学生需要在课前做足功课，否则没办法在上课时与他对话，包括一些背景知识，他“推定”你是知道的或者是应该知道的。刚开始时，选课的同学很多，法学院那一届总共 36 个研究生来了 2/3，到后来越来越少，最终要学分的只有 5 个，我是其中之一。对于习惯了“满堂灌”的学生来说，很难适应这样的“主动学习”的方式。但是，在这门课上的收获，也是在其他课程得不到的。2000 年，我又选修了张老师的比较宪法课程。我每次课前都会做好阅读准备，但上课时被老师叫到的次数很少，更多的时候是叫到了其他同学，我跟着发言。可是，就有这么一次，五一长假，我外出旅游时生病了，回到南京马上看医生，没有预习就赶着去上了课，偏偏就被老师叫起来，自然回答得不理想。我当时真是惭愧万分。

在 UIUC 法学院,我也作为学生尴尬了一次。不过,这回不是因为没有回答出老师的问题,而是因为想去问老师一个问题。一位国内朋友希望我能够帮他询问一个侵权法方面的问题,我没有选侵权法课程,也不认识教这门课的教授,不知该怎么办。一位读 LLM 的中国学生给我支招:去听这门课,下课后去问教授问题。哈,这是个不错的主意。那天,我早早跑进教室,在倒数第二排最边上的一个位子坐下。教授上课讲的内容我十分生疏,就等着下课,好去问问题。没想到,快到下课的时候,教授点名了。她看看名单,又看看上课的学生(包括我),自言自语:这个名单是不全的。接着,她点了坐我前面、左面、后面的学生的名字,再看看我,没有说什么。我想,一定是教授看到了我这个陌生面孔,又坐在了空白的没有填写名字的座位上,所以不明白是怎么回事,然后就点名。下课了,到讲台前问问题的学生不少,大家自觉地排队,我也排在队伍里,等到了我的时候,还没等我开口,教授就拿了座次表放在我面前,跟我说,你忘记填写自己的姓名了。啊,果不其然,让我猜对了!我连声道歉:我没有选这门课,今天来听课,是想请教您一个问题,对不起,我应该在课前跟您说一声的。听了我这话,教授拿回了座次表,问我是什么问题,我就告诉了她。教授很是耐心地给我解答,是如此这般,怎样怎样,我又问,是不是可以给我一点阅读建议,比如,看哪些文章或者是书,教授又在我的笔记本上写上了阅读文献的篇名。

UIUC 教授的出了名的 nice,我算是有体会了,学生再尴尬,也是愉快的。

最后一个离开

2008年我国四川汶川地震时，一位被网民称作“范跑跑”的人，发表了颇受争议的观点：“我肯定先顾着自己逃命，至于学生甚至我的父母，我管不了……。”这位在职教师为自己辩护说，在紧要关头，求生是本能，也是权利，为此，可以不顾一切。他的理由听上去如此充分而正当，似乎“义正辞严”，并且“放之四海而皆正确”。

果真如此吗？

2009年春季学期我亲历了一件事。那天是在法学院上导师尤伦教授的法经济学课程，开始上课不到20分钟，教室里的火警突然响起，几乎只是一秒钟的停顿，教授说：大家把所有东西都放下，赶快到院子里去。然后，他就站在讲台上——那是离教室大门最近的地方，看着同学们往外走，没有吵吵嚷嚷、没有推推搡搡，井然间，人流鱼贯而出，教授最后一个走出教室。经过教授面前的时候（每个学生都经过他面前），我很想对他说什么（比如 Are you ok?），却没有说出口。教授生于1946年11月，已经63岁，我实在觉得他应该第一个离开，于情于理都是这样。到院子里一看，已经集聚了不少师生，由远而近的汽笛声中，救火车一辆接一辆驶来。大约半个小时后，警报解除，原来是不明原因的烟雾触响了火警设施,着实虚惊一场。

第二天碰到好朋友薛妹妹,问起前一天她的情况,得知火警响起时,她正在法学院图书馆预习功课,有不少学生在那里,图书管理员大声招呼让所有人赶紧出去,并说什么都不要带。(不过,紧急逃命时,薛妹妹还是把自己的电脑抱出来了,那里面有多少年的心血呢!)同样的,图书管理员最后一个离开。

我没有去询问:是不是法律或者学校的规章有规定,突发事件降临时,谁应该先离开,谁又必须最后离开。无论如何,尤伦教授和图书管理员的行为说明,基于职务或者特定身份所产生的责任是存在的,履行之可谓"义不容辞"。在我看来,把这样的责任归为"职业道德"也未尝不可。在这个意义上,灾难考验的可能不仅仅是我们的房屋建造质量,还拷问着我们的良知。

当然,言论和行为毕竟是两码事,所谓"行为有责任,言论有自由"。我们可以不同意、反对甚至谴责"范跑跑"的观点,他却并不因此就要受到法律惩罚,否则就有"因言获罪"的嫌疑了。

纳税人

在伊利诺伊大学最特别的经历，是成为纳税人，这让我的美国记事更加完整。

根据东亚与太平洋研究中心邀请信上的说明，Freeman Fellows Program 成员每个月的补助是 1600 美元，由 Freeman 基金会拨付给伊大，再由伊大发给我们，一共 10 个月。由于伊大相关部门工作上的疏漏，月收入 1600 美元的我们，也被归入了纳税人的范围。征收方式也是实行源泉扣缴，每月先扣掉 320 元税，剩下的 1280 元打到各人的工资账户上。不过，没有关系，这不该被扣掉的税第二年还会还给我们，只不过需要每个人在规定的时间内提出退税申请。为这件事，Emily 专门写邮件向大家说明并致歉，她的认真态度让我钦佩。在我看来，这或许未必是件坏事，至少可以让我有机会体验美国的税收政策与具体程序。

2009 年 2 月 3 日，Emily 写来邮件，提醒大家留意填写 2008 年度联邦所得税表的信息和相关网址，并很快会把如何填写伊利诺伊州所得税表的信息发给我们。后来，在项目办公室，我通过互联网在线填写所得税表，由于以前没有办过，又害怕填错，忙乎了一个小时也没有搞定。坐在隔壁办公室的 Edward 是个热心人，他见多识广，上一次来美国时就做过纳税人，所以有经验，忙过来指导。他说,你这叫典型的“在线填表恐惧症”,很多人都是这样,总担心自己填错,纸质的表格还可以,网上表格一填就害怕,其实是多余的担心,即使填错了,也不要紧,后果并不严重,因为可以随时修改,只要静下心来,不要慌,看清楚具体要求,就能够顺利完成的。他的意见很有作用,我再操作时觉得容易了许多。果然,没有了心理压力,填起来顺畅多了。

据 Edward 介绍,美国政府每年都会退还好多税,但不少人离开美国后就不申请了,以至于有数以千万计的应退税款躺在那里,简直就成了政府的累赘和负担。在我看来,或许是他们的税收系统设计得过于烦琐和精细了,反而降低了效率。也难怪,税太重要了,政府的运作依赖于税,必须认真对待。纳税被认为是天经地义的——文明社会中的人的基本义务,其本质上是一种对价,即从政府那里获得公共服务的成本。所以在西方国家,常常有这样的比喻:有两件事是每个人一生都躲不过的,一是死亡,一是纳税。

2010 年 2 月,到了可以申请 2009 年度退税的时间,我在南京的家中,通过互联网填写联邦和州的两份所得税表格,并在线打印,然后签名,最后到邮局把打印材料邮寄给指定的美国收信地址。这意味着,联邦和州的退税系统是开放性的,无论在世界上的任何一个角落,你都可以随时办理这项业务,你可以要求把退税款打到你指定的银行账户,也可以要求把退税款开成支票直接寄给你,当然,前提是你那里必须通互联网,也通邮。

不久,我就收到了 2009 年度的退税,这时我已经离开美国一年了。

生与死

宾夕法尼亚路(Pennsylvanian road)是大学城一条东、西走向的大道,靠近这条路的西端,路南是一片公共墓地。我每天从住处去学校,都会路过那里。

公墓里,四季常绿的草地上,一块块大大小小的石碑或长方形,或正方形,或竖立,或平放,错落有致,上面镌刻着亡者的信息。他们是往昔在这个世界生活过的、如今已经离去的一个个鲜活的生命,无论曾经有过怎么样的人生,最终都躺在了这里。鲜花和国旗陪伴着他们,还有来来往往的行人,不时有意无意地看着他们,可能心里还想着什么。

我的心里想着什么呢?

有时,我会觉得,美国人跟中国人太不一样了,哪有把墓地建在城镇里的呢?中国人的生死观和风水观,绝对不会支持这样的设计。按照中国人的一般认识,安宁是墓地的首要目标,应该在远离城镇的地方,选一方静谧的风水之地,建坟修墓,让逝者长眠,以告慰亡灵,也可以兴旺子孙。即便是公墓,也应该建在郊区,需要花上1—2小时的车程才能到达。

更多的时候,我想起自己故去的亲人。

我想起把我从小带大的外公外婆,他们的慈祥和呵护,是我幼年心灵最温暖的依傍。外婆的爱没有原则,唯我的利益“独大”。邻居家的一只大公鸡老是抢我手里拿着的东西,外婆就对人家说,把公鸡宰了!外公经常拉二胡给我听,看着我跟着节拍一蹦一跳的样子,他的眼睛就笑成了一条缝。我上中学后,外公时常教我古诗,诸如“春江花朝秋月夜”、“蓬门未识绮罗香”等,还讲些古代文人的逸事和传说,像苏东坡与王安石的菊花诗趣闻、苏小妹三难新郎。记得有一次,是外公先给我讲解了《阿房宫赋》,我才在老师的语文课上有了良好的表现。母亲工作忙,家务事多,对我和哥哥的管教难免有些急躁,外公看到了,总是对母亲说:教养孩子,是水磨的工程啊。父亲在很多方面与外公非常相像,外公对待父亲,就像是对待自己的儿子,父亲对外公也特别敬重和孝顺,他们的交流和沟通总是那么默契。我心中的外公是一位智慧、仁爱、亲切的长者,“朗润”或者“温润如玉”这样的词用在他老人家身上是再贴切不过了。

我还想起我的公公婆婆,他们对我这个儿媳十分赞赏和疼爱。至今难忘一个细节,那是第一次跟他们见面,我听见婆婆对公公小声说:你看她(是指我)的腿有多粗噢,你有哪个媳妇能比得上?言下之意是夸我身体壮,对我很满意。我想到朝鲜电影里“一年能挣600工分”的台词,觉得艺术真的是离不开生活的。的确,庄稼人实在,身体好就是最大的长处。公公的话不多,却总给我鼓励,有一次看到我写的信封,连连说我的字写得有进步,越来越好。他这位有文化的大队干部以踏实、苦干、和气见长,在村子里有着上好的口碑。婆婆非常精明能干,是持家过日子的一把好手,里里外外,事无巨细,家中一切都是她一人操持,完全以丈夫和孩子为中心。婆婆一有空就来帮我做家务、带孩子,支持我的工作和学习,特别是在我写博士论文期间,她更是为我解决了后顾之忧,还不时关心我的身体，看到我经常熬夜，就对我说：四十岁的人了，不要老拼了。在村里，每当有人向婆婆问起在南京工作的儿子，她都会重复着一句话：我家媳妇是大学教授。那语气和神情，很是骄傲呢。

我也时常疑惑：生与死真是阴阳两隔吗？总还有什么是能够永远留下的吧？那么，是爱？或许是的。死亡是每个生命的自然终点，却不是爱的结点，远去亲人的爱——那是造物主的光荣，始终存放在生者的心中，成为穿越生死的纽带和联通时空的介质，也给生者生活的勇气和坚持的理由。这样看来，美国人把公墓建在人来人往的城镇也没有什么不妥，墓地是记忆的场所，让生者更多想起亲人和他们留下的爱。

爱与伤

参观伊大的亚洲图书馆,是项目的活动之一。馆长 Wei 女士非常热情地向我们介绍馆藏情况,并耐心回答大家的问题。伊大图书馆是美国所有公立大学中藏书数量最多的图书馆,其规模仅次于哈佛大学和耶鲁大学,居全美大学第三名。公立大学的图书馆中专辟亚洲分馆的不多,这在一定程度上反映了伊大在亚洲研究领域的专业水准与学术资源。馆里中文藏书量颇为可观,文学艺术类著作中,以香港、台湾的作品居多。

香港作家李碧华的小说也有,我最初知道这位作家,是因为看了根据她的同名小说改编的电影《霸王别姬》。电影极富艺术感染力和震撼力,堪称传世经典,我甚至认为它可能是陈凯歌导演的颠峰之作,而影片成功的原因之一即在于非常出色的剧本,作为原著功不可没。

相信许多看了电影或小说的人,都会有自己的感受。我独为女主角菊仙的命运唏嘘不已。出身青楼的她,嫁作戏子之妻,经历百味人生,最后死于非命。这个角色写满了中国社会的种种文化印记,真可谓"平生遭际实堪伤"。尽管在宏观意义上,她的自杀是时代(文革)悲剧之一,但就更直接的因果关系来看,她是死于她的丈夫段小楼之手,着实让人惋惜和感叹:何以最深的伤害来自最爱的人？

“婊子无情、戏子无义”是中国的一句老话，《霸王别姬》将这个经年论断彻底颠覆。谁曾见承欢卖笑的妓女有真情？菊仙就有。她爱丈夫胜过爱自己，为了丈夫，她可以做一切。在那些风雨如晦的岁月，她的爱一往情深，陪伴他的丈夫走过一道道坎坷，化解千难万险。事实上，她对人生并没有过多的奢望，所求的不过是能够像平常人那样，守着她最亲最爱的丈夫平平静静地过日子。然而，即便这样简单的心愿也实现不了，碰上了文革，她竟然命都丢了，不是丢在造反红卫兵的淫威下，而是丢在她丈夫那句“我不爱她”的话下。我很久都难以从脑海里抹去电影中的画面：当丈夫段小楼迫于红卫兵的高压，违心地说出那致命的四个字的时候，菊仙的眼神是怎样的绝望。

如果说在情节设计上，菊仙的自杀略有些“老套”，也许并不为过。毕竟，几百年前我们就有了“杜十娘怒沉百宝箱”的故事，说的也是妓女从良，也是因丈夫而最终了结了自己的性命。不同的是，那丈夫李甲是为了银子把杜十娘卖了，而段小楼只是说了句不爱菊仙的话。为什么杀伤力是等量的？原来，对自己最爱的人的绝望，足以彻底毁了她。她可以忍受一切折磨，惟独“扛不住”来自最爱的人的伤害，哪怕只有几个字。

不要以为这样的剧情安排只是小说家的虚构，艺术确实来源于生活。年少时有这样一桩见闻令我记忆犹新，叹惜至今。一对恩爱甚笃的夫妻，原本过着平静和美的生活。谁承想，文革之火烧到了丈夫，连续几个星期挨批斗，受到折磨，好在他都挺过来了。直到有一天，他的妻子站到了批斗大会的主席台上，向众人揭发她的丈夫参加了“反动组织”，丈夫当天晚上就自杀了。少年懵懂的我，当时并不曾想过其中原由。今天看来，那丈夫是被他最爱的妻子杀了。

爱有多重要？我无力描述。尽管不可言说，爱却是每个人都离不开的存在，正如水、阳光、空气。人是孤独、脆弱的动物，爱是一个人的精神依靠，是抵抗任何侵扰的避风港，无论外面的风雨有多大，只要有这样一个地方，能够让人喘息和停留，人就有活下去的勇气和希望。

项目篇『下』

兹事体大

法律人常常以为法律是最重要的,观察问题总是带着职业人的“执念”,却往往会为法律所困,甚至迷失在法律之中。我也不例外。一直以来,我都想当然地认为美国人应该是“万事讲法”的民族,那些“诉讼社会”的种种指标或者指数颇能说明法律的重要性和社会对于法律的需求程度。但是,来美后的经历,让我改变了看法,如果说有什么东西占据了整个美国社会秩序的基本空间,构成了人们日常生活的主体部分,那绝不是法律,而是宗教。或者完全可以说,这是一个宗教国家,一个道德社会。

记得刚到美国没几天,就碰着了一位来宿舍区的“说教者”。他的汉语很流利,显然是经常跟中国人打交道的,从介绍的内容来看,他所宣传的是“耶和华见证人”这一教派的教义。后来,Emily告诉我们,去不去教堂,完全是自愿的,由各人自由选择,项目对此没有规定。开学后的第一个周末,我跟几位同事去了一处离住处比较近的基督教堂,观摩了一次礼拜活动。印象最深刻的一次观摩活动,是2009年的“复活节”。那天,校园里的卫斯礼教堂座无虚席,程式安排繁复,场面肃正,隆重庆祝这个盛大的宗教节日。整个仪式的最后一项是领圣餐,大家排着队到神父那里领取面包和红酒,并接受他的祝福。据圣经说,神子耶稣用他的血、肉换取人间的和平与自由，红酒和面包因而具有了神圣的象征意义。

去教堂参加活动，是绝大多数美国人的习惯。跟法学院有点相似，卫斯理教堂几乎每隔几周就有免费的餐饮，不同的是，前者来自于校友的资助，后者则是信徒的捐献。我的美国 Dad 和 Mom (Forrest 夫妇)是虔诚的基督徒，除了固定的礼拜之外，他们还参加教会组织的各种活动。特别是美国 Mom，对教会的慈善活动十分热衷，出时出力，毫不吝啬。她来自于“美食之乡”路易斯安那州，烧了一手好菜，常把烧好的饭菜拿到教堂来，和其他教友准备的饭菜依次摆放在一起，就构成了慈善免费招待会的食物来源。她做的菜特别受欢迎，让那些远离家乡的学生和学者一饱口福。

人类对于生命本质的最早、最朴素的理解就表现为宗教，体现的是对生命的终极关怀，“向善”是几乎所有宗教的基本价值面向。一位思想家指出，宗教信仰对社会有好处。自由社会产生信仰，专制扼杀信仰。从另外一个角度看，专制不需要信仰，而自由恰恰需要信仰。宗教信仰让人们去过一种有节制的道德生活，约束自己的言行，保持着纯净、真诚的品质，以良善之心待人。宗教信仰给了人们道德自律的力量，而道德是每个生命体存在的基本准则，也是维持社会存在和发展的基础。当人能够自觉地规制自己行为的时候，才可能是自由的：自由并不来自于任何外在的条件，而来自于内心对超自然力量的崇敬与承诺。

说人类文明存亡系于道德，或许是不为过的。无论一个国家遭遇到了什么样的危机，只要人民的道德还在，就可以抵抗得住任何外在的种种灾难，一切就都有希望。相反，“没有国家能从道德沉沦中得救。一旦人民道德沦落，任何强大的帝国必然倒塌。”(见《吴宓书信集》第 152 页。)历史的经验是：法治的大厦不可能建立在道德的荒漠之上。兹事体大，不可不察。

选择责任

2009 年 3 月 8 日,星期天,我在项目办公室度过来美后的第一个三八妇女节,并观看了一部女性题材的电影 *The Bridges of Madison County*,中文片名为《廊桥遗梦》。

唯美的画面、精彩的对白、巧妙的情节、纯熟的演技,都是这部电影的出采之处,最令我感动的是其积极的主题:爱情固然美好,但责任也很重要。

爱情有的时候真是不期而遇,只是短短的几天时间,从未谋面的两个人就可以相知、相恋,不能不说是造物主的神奇。问题在于:遭遇爱情之后怎么办?影片出现了这样的场景:相爱的两个人约定一起离开,男主角开着汽车,跟随在女主角的丈夫的车后,车上的女主角内心充满了矛盾,一边是自己热爱的人,一边是自己的丈夫和家庭,她的手握在车门处的把手上,只要她愿意,她就可以让丈夫停下车,然后拉开车门,投入爱人的怀抱。她知道,只要她拉开车门,一切都将不同:她获得了和爱人一起生活的机会,而她的家庭将不再完整,特别是她丈夫将失去她。她一直在犹豫、挣扎,天下着雨,雨水顺着车窗流下来,更加渲染了女主角内心矛盾与冲突的激烈程度,车外的雨水也是她心中的泪水吗?她始终还是没有从丈夫的车上下来,透过雨水打湿的车窗,视线模糊中看着爱人的车超越过去，最终开远。真是“情在不堪言处，分付东流”。那一刻，我哭得稀哩哗啦的，David 在他的办公室听到了动静，关切地跑过来看看我出了什么状况，原来，我是在为剧中的故事而流泪呢。

选择对家庭的责任，放弃“这人世间唯一的真爱”（男主角言），是女主人公的决定。对于相爱的人来说，这样的选择是残酷的，当时或许她并不知道，她将与爱人失之交臂，从此天涯海角，循着各自的生活轨迹走下去，以至终生不复相见。可怎么办呢？她不能够如此的自私，让无辜的丈夫承受她的错误所造成的结果。“无辜”，是她对丈夫的评价，更进一步地看，她的孩子也是无辜的，她同样不能让孩子承受她的离去。可能不是所有人的婚姻都是在对的时刻选择了对的人，但是，既然婚姻已为事实，就应该珍视。

记得有一首诗写道：你站在桥上看风景，看风景的人在楼上看你，明月装饰了你的窗棂，你装饰了别人的梦。或许，谁是谁的风景、谁又是谁的梦，其实并不重要的，重要的是，曾经有过那么一个时刻，桥、风景、明月、梦，都构成了美好的意境，让你无法忘怀。这就够了。也许每一段感情都是美好的，只是你需要始终保持那份美好。有时，缺憾或许就是美好的一部分，抑或是，正是因为缺憾，才觉得更美好。

后来，一次跟同事 Sam 的闲谈中，我提起这部电影，他告诉我，他开车去爱荷华州（IOWA）旅行时，特意到过 Madison County，在当年电影的外景地，拍了几张桥的照片。可惜，我一直没有看到他的照片，很期待能够看到，好仔细分辨一下：电影中的桥和 Sam 拍的桥有什么差别。

天涯问课题

2009年3月中旬,国家哲学社会科学规划办公室主任张国祚先生访问伊利诺伊大学,他将与美国国家人文社会科学基金会(National Endowment for the Humanities)主席布鲁斯·科尔(Bruce Cole)先生会面,就人文哲学社会科学的国家资助问题展开讨论。伊大承办了此次讨论会。会议期间,张主任与我们进行了一次座谈。

座谈在一家中式自助餐厅进行,大家边吃边聊,张主任十分平易近人,询问了我们各自的专业、学校和研究情况,对每个人都有了一定的了解。他客气地称我为"法学家",我很不好意思,觉得自己无论如何都担不起这么高的称谓,着实惭愧,权且看作是领导和前辈对我的鼓励和期待吧。

交谈中,大家自然少不了问张主任申请国家社科课题的事,特别是我们中尚未承担过此项课题的人,更希望得到一点指导,他都耐心地一一作答。我专门向张主任介绍我的研究领域是言论自由理论,问他是否这个问题太敏感,张主任笑而答道:很难说,其实并没有什么严格的禁忌,不过有一点必须清楚,那就是任何一个国家的科研课题都是要解决该国的实际问题,所以研究应该具有建设性,而不应该仅仅是抽象议论。而且,任何一个国家都不会资助对自己不利的研究课题。他还谈到，课题论证一般是能够反映研究者的能力的，当然也有个别人课题论证得很好，也拿到了，也很认真地对待，可是最后的研究成果质量太差，很难通过考核验收。我认为，这或许是水平问题。

后来，我们参加了那次中美会议。会议的规格相当高，双方都是社科基金领域的高级官员，张主任由中国驻芝加哥领事馆的领事和教育参赞陪同前来。伊大历史系的周启荣(Kai Wing Chow)教授担任翻译，周教授是华裔美国人，中英文精通。看到美国的科尔主席没有拿演讲稿，张主任也决定不用原来准备好的稿子，而是脱稿演讲，到底是吉林大学哲学博士和教授出身，他的口才非常好，语气语调都十分自如流畅，内容丰富、言词生动。后来，张主任向我们解释自己脱稿的原因：不要让美国人觉得咱们中国官员那么差，就只知道照本宣科，中国官员也是有很高文化修养的，也能够演讲得很精彩。确实，他做到了。我们都为他高兴。

张主任演讲中的一个小插曲颇有意思，让我印象深刻。他提到来伊大访问的中国人文、社科学者非常优秀，比如有一位是美国名著《飘》的中文版译者，他说的是 Margaret，我们中的英语教授，担任口译的周教授显然对这个中文书名不是太熟悉，一时间没有想到究竟是哪一部美国小说，坐在下面的我们一下子都着了急，几个同事几乎异口同声地说：*Gone with the Wind*！

伊大校友

2009 年 4 月 3 日，我收到伊利诺伊大学校友会发来的电子邀请函，邀请我参加将于 4 月 16 日举行的“国际校友颁奖早餐演讲会”。2008 年度“Madhuri & Jagdish N. Sheth 国际杰出成就校友奖”的获得者是张波博士(译音，Dr. Bo Zhang)，来自中国，在伊大先后获得硕士学位(1992)和博士学位(1999)，目前担任中国浙江宁波两家知名公司的主席。遗憾的是，由于时间冲突，我最后没能参加这次活动。

张博士无疑是杰出华人校友中的一位。当我们翻开厚厚的伊大校友簿，可以看到一个个熟悉的、响当当的名字：于右任、华罗庚、黄万里……，可谓俊采星驰，璀璨夺目。他们曾在香槟留下学习与生活的印迹，更在自己的领域做出了骄人的成绩，为世人称道，为母校增光，为华人争气。尤其是数学家华罗庚先生，他的大师风范影响了新中国几代人的成长。时至今日，我对他的敬仰之情丝毫不减少年时，我一直把他的一句话作为自己教师生涯的座右铭：神奇化易是坦途，易化神奇不足提。这句话代表了他的为学之道，也说出了学术与学者的追求所在。我的体会是：无论是教学还是科研，都应该尽量把深奥的道理说得浅显、平实、直观，所谓深入浅出，不必要把简单的道理“整成”高不可攀的逻辑，或者着意把话说得玄妙难懂，以示学问之高深。要做到这一点，确非易事。

当然，那些来伊大留学的中国学子，即便是后来贡献斐然的人，最初的求学之路也并不顺利，语言关就是一道坎或者说是一大考验。早年间，美国学界华人圈中流传着一个故事，主角的名姓已不可考，情节却始终生动。有一位刚到伊大工学院的中国留学生，英文夹生，常常直接将中文词语翻译为英文，不管是否符合英文表达习惯。一日去拜见教授，开口便说："As a student, I do not know how high is the sky and how deep is the ground, I hope professor would…… "教授说："Sorry, I don't know, either."其实，这位中国学长心里想表达的意思是：晚生不知天高地厚，恳请老师多多赐教。语气甚为谦卑、恳切，可是用"中式英语"表达得不对，说得老师莫名其妙，真的以为他是在问自己"天有多高，地有多厚"，只好连忙回答："抱歉，我也不知道。"真是闹了个大大的笑话。（见《香槟季刊》1993 年夏季号第 14 页。）

论及当下伊大华人校友的国际"知名度"，可能非电影导演李安先生莫属。李安毕业于伊大戏剧系，获得学士学位。据说，他原本是他妻子的"陪读"，在来伊大的头几年里，为了支持正在做博士后的妻子的科研事业，他几乎承担起了全部的家务。也许正是做家务的过程，让他体会到日常生活的琐碎与安闲，体验到原本作为男性角色所不可能感受到的温和与宁帖，领悟到回归生命本真的纯粹与洁净，也才有了沉寂后的惊人的爆发力。很难想象，如果没有这一段经历，他会不会拍出《断臂山》和《色·戒》这样的震撼之作，或者说，即使可以拍出来，他能不能把它们处理得那么细腻和从容，那么在入微处打动人——没有宏大叙事的场面，却切切实实让你感动。特别是《色·戒》，把纠结于人性深处最为矛盾的一面展现得淋漓尽致,在一定程度上,那何尝不是我们未知的世界和我们自己。值得欣慰的是,这样的“假设”是不存在的。真是人生无处不积累,对于一个有心的艺术家来说,没有什么样的人生是可以浪费的。如此看来,男人成为“煮夫”,未必是一件坏事。

说到底,还是一首歌唱得好:没有人能够随随便便成功。

原生态

在美国，阿米什人(Amish)是一个非常独特的群体，他们的生活方式可以算得上是原生态。

阿米什人从1720年开始自欧洲迁居北美，如今主要居住在宾夕法尼亚州、俄亥俄州，伊利诺伊州也生活着一小部分。2009年4月25日，项目组织大家去田野考察，主题就是“伊州的阿米什人”。我们先参观了专门介绍阿米什人的图片和文字展览，然后来到一户阿米什人家中访问。

阿米什人的生活基本上是自给自足的。他们种植庄稼，收获农产品。他们耕种土地时，依然采用传统的人、牲口组合的动力方式，不使用拖拉机或者其他现代农业机械，当然也不用农药、化肥或者其他化学制剂。那天到达时，我们正赶上那户人家的儿子在犁地，他手握缰绳，挥动鞭子，娴熟地指挥着排成两行的八匹马，带动铁犁，从田的这头犁到那头，然后再转回来，铁犁过处，留下一道道沟阡，夕阳下，他的神情十分从容。看着眼前的场景，你很难想象这是在美国，是在伊州，因为科技高度发达的芝加哥似乎更像是伊州的名片，而这里，却是几近“刀耕火种”的悠远的过去。真是一种奇怪的共存。

他们自己饲养家禽、牲畜，日常的食品基本上都是手工制作的,比如奶酪,不是机器流水线上的产品,而是在自己家的作坊里采用传统发酵和成型技术制造而成的,没有额外的添加剂。他们出行的代步工具是马车,不使用汽车或者其他现代交通工具。他们的着装也很有特色,一看就知道这是落伍了近300年的时尚,尤其是妇女的穿戴,还是传统欧洲妇女的布制的长裙、花边的帽子,就连她们说话的神态,也是拘谨多于放松,完全是受到约束、克制的样子。

从总体上看,阿米什人保持了18世纪农业文明的生存样态。以前,我一直以为他们的原生态是缘自独特的民族或种族文化,后来才知道并非如此,是他们的宗教信仰使得他们落落寡合、特立独行。据记载,阿米什人最初是Mennonite教派的成员,这个教派是基督教新教的一个分支,因创始人Menno Simons而得名。阿米什作为Mennonite教派的支流,则由瑞士传教士Jakob Amman创立。教徒们恪守着教派十分严格的清规戒律,他们强调成人洗礼,拒绝教会组织、服兵役和政府公共服务。他们的子女通常不去政府的公立学校读书,而是在他们自己的学校接受教育,成年后也大多在自己家的农场干活。正因为如此,他们似乎融入不到现代工业文明的生活方式中间,或者更准确地说,他们不愿意被挟裹进现代化的潮流之中,宁愿落寞,却也安宁,在现代化的主旋律之外,演绎着自己的田园牧歌。

当然,没有人强迫他们改变,即便是政府,也没有这个权力。不过,他们的生活方式也会偶尔与政府公共职能发生冲突,1980年代,阿米什人曾经与政府之间有过一场诉讼,最后的结果是,阿米什人在他们的马车后部,涂上了一个醒目的黄色三角形,因为法律规定,所有上路的交通工具都必须标有明显的警示标识,这是安全的需要。

永远的林肯

在美国，或许没有任何一位总统能够像第十六任总统亚伯拉罕·林肯（Abraham Lincoln）那样，受到国人如此诚挚深切的尊重和爱戴。2009年，适逢总统林肯诞辰200周年，五月的伊州州府斯普林菲尔德彩带飘飘，一派节日气象，这里是林肯的家乡和其安葬地。Emily安排项目成员来斯普林菲尔德访问，活动内容就是参观林肯故居、林肯墓和林肯纪念馆，以感受纪念林肯诞辰的年度主题。

林肯墓庄严、朴素，掩映在绿树红花之中，墓前一米多高的石台上树立着一尊林肯的铜质头像，十分醒目。林肯的脸庞消瘦，双唇紧闭，眼神深沉，似乎在思考，他还在为国家的分裂而忧虑吗？他的灵魂仍旧因为人民的苦难而受伤吗？或许是被无数次触摸过的缘故，雕像的鼻子部分已经被摸得锃亮，显露出铜质的本色，特别显眼，我想起在参观林肯墓时看到的一句提示：请摸他的鼻子。这样的提示语很是与众不同，或许可以解读为：你若爱他，就请摸他。从雕像鼻子的颜色，就可以看出人民对他的热爱程度。

林肯的总统之路充满艰辛，每一步都困难重重，他的成功验证了中国先贤孟子的名言："天将降大任于斯人也，必先苦其心志，劳其筋骨，饿其体肤，空乏其身，行拂乱其所为，所以动心忍性，增益其所不能。”他正直的品格和坚毅的个性，让所有政治对手在他面前都黯然失色。他在葛底斯堡(Gettysburg)的演讲，充满勇气、智慧和力量，已成政坛经典，为后世摹板。他的被刺是国家的悲剧，也是家庭的不幸，令民众唏嘘不已。从另外一个方面看，作为一个政治家，他又是幸运的，生在了一个可能有作为的时代，并且成就非凡。

曾有学者认为，对于黑人奴隶的解放，只是林肯政策的副产品，他的真正贡献在于维护了联邦的存在，也就是美利坚作为一个独立的联邦国家的完整与统一。这样的见解或许不无道理，但无论如何，在美国，平等真正成为与自由并存的宪法原则，约束着联邦政府和各州政府的行为，是在内战之后，在这一点上，林肯的政治成就也是划时代的。林肯无疑是美国历史上最伟大的总统之一。

对于大多数中国人来说，林肯的名字并不陌生，我们的小学课本里就曾经选有林肯的故事，很多人对林肯的故事耳熟能详。只是有一些说法可能与事情的本相存在出入，比如，我们熟知的林肯夫人坏脾气一说就并不完全可信。2009 年春季学期，项目安排了一次有关林肯总统的专题讲座，在讨论阶段，我们向前来讲座的伊大教授问及此事，因为传说中，林肯的妻子脾气不好，经常给林肯气受。教授听到后笑了，她说，没有文献是这样记载的，她觉得很奇怪，怎么会有这样的信息出现，而且在中文世界广为传播。看来，所谓的“信息不对称”在任何时空都存在。

服饰与时代

人们的衣着穿戴透露着时代的气息，因而服饰被看作是一个时代的构成元素之一，有时甚至是时代不可或缺的符号和标志。这一点，中外皆然。

记得在伊州州府斯普林菲尔德访问时，我和项目同事们一起漫步在林肯故居附近的草坪上，享受着舒适的悠闲时光。在那里，我看到一群身着具有鲜明 19 世纪特征的服饰的女性，显然，她们也是“旅游景观”的一部分，是为了衬托内战时期的生活主题而装扮的。其中一位盛装的女士令我印象深刻。只见她从上到下一袭绿色基调的衣饰，头发向上盘起，戴着一顶黑色的帽子，帽子上面还衬着一层浅绿色的呈荷叶形状的纱盖，上身着一件平领长袖绿色衬衫，外加一件在前胸扣着的黑色披肩，下穿一条绿色碎花长裙，裙里带有小撑子的那种，可以将整个裙身形状衬得丰满起来。她手持一柄小伞，度着闲庭信步，目视前方，表情舒展，笑不露齿，含蓄、优雅而不失从容，举手投足间有一种端庄、自信、不张扬的美。这应该是那个时代上层社会女性的风格吧？

我上前跟她打招呼，并表示想和她合影留念，她停下脚步，含笑点头。我挨着她的身旁蹲下，与她并排，将右手放在她右手打开的折扇上，也试着挺直上身，眼看镜头，面带微笑。哈，样子是有了，不知道是否学到了她的气质。

这位女性，让我想起20世纪民国的旗袍。

看到影视作品中的民国女子的形象，我常有这样的感慨：不是穿上旗袍就可以是民国女子的。那个时代的女子必是穿旗袍的，不同的是，那个时代的表情和姿态并不是今天的人穿上旗袍就自然具有的，所以，服饰只是外表，骨子里的“范儿”才是要害。要穿出旗袍应有的范儿的确不易，力求的是角色的形、神兼备。在这一点上，我觉得演员汤唯女士在电影《色·戒》中的角色把握是准确的、成功的，她穿出了旗袍应该有的味道，比如女子的优雅与从容。对于演员来说，有些必要的功课还是应该做的，因为功课做得好不好，不在于旗袍本身，而在于，穿了旗袍，是不是就“像”了民国女子。所以功课做与不做、做得是否到位，是不一样的。

我想，或许那样的优雅与从容是那个时代才有的。大清王朝的旗袍无疑是最“正宗”的，不过，那时身着旗袍的女子，她们有美丽，却未见得有优雅，她们有恭顺，却未必有从容，因为她们是不自由的。毕竟，没有人可以逃得过时代在自己身上的烙印，不管你是否感觉到，这样的烙印代代不同。

民国给女子的旗袍赋予了别样内容和韵味。从宽衣大袖到窄肩紧身，摆脱女性服饰上的束缚和成见，女性的美是那个时代旗袍最希望突出的主题，没有自由，这样的美是无从体现的。可惜的是，自由总是短命，如夏花般绚烂，却转瞬即逝，来不及感到它的美好，就过去了。一个诗人曾经这样描述一位热恋中女子的心绪：“为什么幸福总是乍现就凋落，走得最急的，都是最美的时光。”事实上，这句话用在某些历史的关头，也未尝不恰当。

今天的我们，只能从艺术家的创作成果中，想象着那时的花样年华。

默契与真情

Bob是Emily的丈夫，也是她工作上的助手，他们配合得相当默契，也时常不经意地流露出伉俪真情。

作为项目主管，Emily负责所有活动的计划、组织、安排，Bob则辅助她做一些具体的事情，比如，只要是远距离的外出活动，基本上都是Bob开车，他像是专职司机，随时听从Emily的调遣，说到哪里就到哪里，而且是保质保量地完成任务。看到他们的合作，我想起一句台词："Yes, Madame!"这是香港影视作品中警察署的下级警员经常对女上司说的一句话，用在Bob和Emily之间也应该是合适的吧。

对于Freeman学者来说，他俩是我们这个临时大家庭的家长，两位都很重要。Emily属于端庄、文雅、严谨那种范儿，对工作十分负责任，可以算得上是一丝不苟，所谓"就事论事"，很少说"题外话"，虽然为人也非常随和，但因为是项目主管，我们的顶头上司，大家总觉得有项目的原则和纪律在，所以跟她交流不免拘谨，对她敬畏有加。Bob则不同，一来他不是"领导"，让我们没有"束缚"感，见了他不会太紧张；二来他性格开朗又特别健谈，让我们更容易接近。同事们都喜欢跟他聊天，他永远跟你聊着幽默的话题，还时常说些笑话，让你不乐都不行，许多在一般人看来都相当严重的问题在他谈起来都非常轻松。这样的豁达与从容可能与他的经历有关,他年轻时当过兵,上过战场,或许,对于一个经历过战争的军人来说,没有什么事情是看不开的。在我眼里,Emily 和 Bob 一个好似"严母",一个好似"慈父"。

Bob 总是一副快乐的样子。他似乎保持着一颗童心,是个标准的乐天派,对什么事情都感兴趣。一次在办公室,Sam 正在练习拉二胡,他刚开始学,声音是兹拉兹拉的,还拉不成曲调,Bob 看见了,也想学着拉,Sam 便教他摆好姿势,告诉他如何操作,Bob 拉出来的声音更刺耳,还一脸认真,神情专注投入,好像沉醉其中呢。在场的人都忍不住哈哈大笑。看到 Bob 和 Sam 在一起,我觉得特别协调,他们是"老顽童碰上了小顽童",童心大泛滥。

不过,外出旅行的时候,我经常看到的场景是 Bob 总拉着 Emily 的手,似乎从"配角"变成了"主角",Emily 则成了被动的存在,他们之间呈现出一种呵护与被呵护的关系。在伊州州府斯普林菲尔德参观时,我给他们拍了牵手照,他俩丝毫没有局促之感,很是自然大方,双双前行,步履坚定,幸福写在他们的脸上,把岁月留在了身后。真情发于内心,都是自然的。

大家都被 Emily 和 Bob 的真情所感染,也由衷地祝福他们。Edward 喜欢开玩笑,在办公室常常把他们的名字连在一起说:Emily and Bob,Bob and Emily。那时,他的妻子已身怀六甲,不久将生产,他告诉我们:如果生个女孩,就叫 Emily;如果是男孩,就叫 Bob。后来 Edward 喜得千金,他为女儿起的英文名就是 Emily。

毕业晚餐会

2009 年 5 月 5 日，我们的毕业晚餐会如期举行。

这是将毕业典礼与聚餐结合在一起的活动，更准确地说，是在聚餐过程中举行毕业典礼，形式挺特别的。餐会地点安排在一家西餐厅的大包间，幽静而雅致。这也是项目成员的最后一次校园集体活动。

每位成员的 Host Family 和 Faculty Partner 都应邀参加，还有亚太中心的领导和工作人员，Freeman 基金会的项目负责人王觉非先生也出席了晚餐会。他几天前就来到了香槟，跟大家进行座谈和交流，为人十分和蔼，作为华人，他对我们的许多经历都非常理解，仔细倾听大家的感受和心得，这让我们对他也有了一种亲切感，感觉像是一位久违的朋友重新来到身边。

Jan 和尤伦教授作为我的“亲友团”出席，Forrest 夫妇去外地旅行未归，所以不能参加。我们围坐在一张餐桌旁边，一边享受着美味佳肴，一边开心聊天。他们高兴地为我祝贺，真诚地表达他们的鼓励和希望，我非常激动，也觉得特别幸福。他们见证了我人生中的一个重要时刻，也分享了我的喜悦和收获。想到一年来他们对我的关怀和帮助，我的心中暖洋洋的，也充满了对他们的感激之情。我知道，如果没有他们和其他许多人的支持，我是很难顺利完成来美后的各项工作的。

我发现,其他桌的情况和我们的差不多,我的同事们跟他们各自的 Host Family 和 Faculty Partner 都相处地十分融洽,自然都相谈甚欢。整个会场的气氛轻松、热烈,也不失正规和隆重,更像是一种别开生面的交流会。笑容洋溢在每个人的脸上,快乐成为不必言说的主题,大家无论是否熟悉,都相互问候,或者彼此点头致意。与会者的衣着很为正式,就连 Bob 也是西装革履,平时他都是休闲打扮,我还很少看到他如此"盛装"呢。

典礼由 Emily 主持,她向大家介绍此次毕业的 Freeman 学者,接着中心主任 Fu 教授和基金会负责人王先生讲话,然后 David 作为我们的代表发言。David 热情、诚恳、能干,在同事中人气很高,受到大家的一致推举。整个典礼过程节奏明晰,衔接得十分自然,也不冗长。看来,站着说话有利于提高开会效率,无论是主持人还是发言人都是站着的,他们都以十分认真的态度对待自己的角色。

最后一个节目是给每位学者颁发毕业证书,作为在伊大学习和研究的证明。当每个成员从 Emily 手中领取证书的时候,在场的人都报以掌声。我的同事们可能是太激动了,他们在拿到证书的同时,只跟 Emily 拥抱,却忘记了站在 Emily 旁边的 Fu 主任和王先生,竟没有想到要跟他们握手。我是最后一个上来领取证书的,没有办法,Z 永远是第 26 个字母,我的姓决定了我的"出场"次序,不过,我没有忘记跟 Fu 主任和王先生握手,并分别说声谢谢。我在心里想:如果说是"弥补",可能太严重了,权当是代表所有同事向他们表示感谢,平日里,同事们给我的帮助很多,这回就让我为大家做一点点吧。哈哈,这真是应了那句老话:Last but not least。

纪念日

Memorial Day,是美国的阵亡将士纪念日,也称纪念日,是全国性节日,大多数州已将其确定为法定假日,时间是每年5月份最后一个星期一,以纪念在战争中阵亡的美军将士。

2009年5月25日是纪念日,美国Dad和Mom邀请我到他们家参加一个非正式的聚会,出席者还有他们的几位邻居。

他们家似乎特意装扮了一下,大门口挂着一个大大的红、白、蓝三色的蝴蝶结,与国旗的颜色相同,十分醒目,客厅的墙上也有一个,那是纪念日专有的标记。主人精心准备了午餐,大家一边品尝着美味佳肴,一边轻松交流,其乐融融。美国Dad年青的时候当过兵,他很为那段经历而自豪,向我们谈起当兵时的许多趣事,包括新兵蛋子一些尴尬的瞬间,话语生动幽默,不时把大家逗乐。不知不觉间,话题转到了他和夫人的爱情故事,他谈起他们如何相识、相爱、相守,又怎样迎接三个小生命的到来、携手共度50多年美好时光。美国Mom拿出几本影集给大家欣赏,那一张张老照片记录着他们的恋爱和婚姻,也记述着岁月的流逝和变迁,这些凝结的生活和定格的时间,无异于一部色彩斑斓的家庭历史和生命乐章。我看到了他们20多岁时的照片,虽然过去了半个世纪,人物光影依然清晰,照片中的他,挺拔、潇洒,她,苗条、漂亮,真是一对郎才女貌的神仙眷侣,让人羡慕。我说,你们像我看过的美国黑白电影里的明星,光彩照人,美国Dad笑了,他也觉得自己很帅,很是自信地回答我说Sure。

我被聚会的温馨氛围所感动,非常享受这样愉快的时刻,也在心底里默默祝福这一家。纪念日是美国重要的节日之一,受到普遍重视。我注意到,几天前,电视上开始连续播放与此相关的专题片,比如1944年的诺曼底登陆,宾夕法尼亚路的公墓里也插上了好几排小小的美国国旗。作为普通人,多在这个日子与亲朋好友相聚,在一起谈论生活和经历,分享人生和快乐。我想,这或许是纪念日的意义之所在吧,那些阵亡将士们所希望的,不就是活着的人能够幸福地生活着么,要不然,他们有什么理由牺牲自己的生命。

国旗情结

到过美国的人大抵都有一个印象：美国人喜欢国旗。房门前，院子中，地铁口，跑马场，办公楼，体育馆，无论是寻常巷陌，还是官家厅堂，甚至公车、公园、公墓……，几乎所有你想到的和想不到的地方，都插着或贴着国旗。说“举国山河，满目国旗”也不为过。

国旗是一个国家的象征，对于生活在国家这个人类社会基本政治组织形式的现代人来说，喜欢国旗是自然的，但像美国人这样有“国旗情结”的，却不多见。我一直猜想着这其中各种可能的原因，着实难究其解。访问的日子久了，我似乎有点明白了些个中缘由，或许，美国人对于国旗的珍视，也是对他们历史的珍视，因为，国旗的变迁，在某种程度上见证了美利坚的成长历程。今天飘扬在国土上的由蓝地 50 个白色星星、13 条红白相间的条条构成的红白蓝三色国旗即星条旗，正是美国共和精神的结晶和勇于奋进的美国标志。

这种认识很大程度上是我参观两处代表性的景点之后的感想。

一处是当年西进队伍的宿营地。这个景点与探险家 Lewis 和 Clark 博物馆处于一个景区内，共同展示了西进的主题。宿营地的房屋是木质结构的,非常简陋,每个房屋之间,用木头棍子插成篱笆式的围墙,形成一个相对封闭的场所。围墙之中,竖立在地面的木头桩子上挂着国旗。这面国旗的颜色、形制、大小与今天的国旗相近,但上面只有 15 颗星星。这说明西进之时,美国是 15 个州。西进是国土的扩张,这种扩张要首先归结于总统杰弗逊的明智决定。1803 年,在杰弗逊总统的坚持和努力下,美国政府花费 2700 万美元,从法国人那里购买了整个路易斯安那,面积共达 82.8 万平方英里,美国的版图因此扩大了一倍。这就是著名的"路易斯安那购买地协定"(Louisiana Purchase)。接着,杰弗逊总统主张探测新获得的路易斯安那,两位探险家 Lewis 和 Clark 正是基于总统的派遣带领队伍向西进发的。在时间跨度上,美国西进的征程持续了一个世纪,这是扩土开疆的过程,也是壮大国力的过程,伴随着疆域的扩展,国旗上的星星不断增多。可以说,包括总统在内的拓荒时代的美国人,在国旗上写下了自己的印记和色彩。

另一处就是"革命圣地"莱克星顿(Lexington)。莱克星顿的国旗之多,堪为一景。在 Minute Man National Historical Park 四周的建筑物上,插满了国旗,品种更为多样。记得我看到了一面"英国国旗",非常不解,就询问公园的一位工作人员,这是一个装扮成 18 世纪士兵模样的年轻小伙子,不停地向游人介绍情况,也乐于跟游人合影。他说:那不是英国国旗,而是第一面美国国旗,那时仍未建国,不远处还有第二面国旗,那些白色的星星不是隔行错落有致地排列的,而是排成了一个圆圈。显然,在这里,我们更能够跨越历史地对照国旗的实质性变化。那一面面国旗,就像是凝固的历史,向人们传递着时间的讯息。在打响第一枪后,美国人才有了自己的旗帜。国旗对于一个独立国家的意义,或许曾经生活在殖民地的人民有更深的感受。建国后,一代又一代的美国人在国旗下生活、繁衍，国旗是这个民族团结的纽带、力量的来源、信念的标志，无论何时何地，国旗都是美国人精神的归宿。

我由此想到，当年对焚烧国旗行为作"象征性言论"解读的联邦最高法院的大法官们，一定很纠结甚至很痛苦。他们对于国旗一定是尊重的，而且崇敬国旗的程度应该不亚于任何一个美国人，即便如此，却仍然坚持："我们惩罚亵渎，并不能使国旗变得神圣，因为如果这么做，我们就淡化了这个令人崇敬的象征所表达的自由。"(Justice Brennan)大法官们是睿智的，他们的决定十分艰难，又十分自信，因为他们十分确定这样的事实：在那些尊重和崇敬国旗的人心中，任何行为都不能改变他们的尊重和崇敬。

珍视历史

美国人珍视历史是有名的。或许是整个国家建立时间太短的缘故,对于只要跟年代沾边的人和事,几乎都尽力给予保护,甚至连小土堆都不放过,各种各样、规模不一的博物馆、展览馆的数量之多,堪为一景。

那日去圣路易斯旅行时,Emily 就带大家参观了一个小型博物馆,似乎是以"太阳城"(City of the Sun)命名的。根据考古发现,博物馆所在的地点曾经生活着北美大陆最早的先民之一,据今约 800 年前。他们经历了不同的发展阶段,生存是第一位的,对于原始人群来说,繁衍与生存是最重要的任务,活下来是不容易的,需要智慧、力量和勇气。通过展览图片,可以看到先民狩猎、耕种、纺织、养畜等场面,在完全依靠自然环境条件的时代,生存的艰难程度可以想象。

走出博物馆,我们来到一片开阔的平原。平原中央树着一块牌子,醒目的标题是 Grand Plaza,并配以文字和图片说明,告知游人这个大广场就是城市的中心,所有重大的祭祀、庆祝等活动都在这里举行。我注意到,这里的阳光十分充足,阳光是生命得以存在的重要条件之一,或许也是大自然提供给先民在此处生存的资源吧。太阳城真是名副其实,Mike 帮我拍的几张照片,身上都洒满阳光，甚至能够看到衣服上留下的太阳的光纹，那样特殊的光彩斑斓是在其他处拍的照片上看不到的，实在是神奇。难怪这里会有生命存在。

其实，中国人也是珍视历史的，常常以中华文明上下五千年为荣，相当有历史自豪感。当然，对于一般民众来说，或许家族的历史更让他们经常记挂和怀想，所谓“家国情怀”，“家”总在“国”之前提及。也难怪，圣人就有“修身、齐家、治国、平天下”的教诲，家的重要性可见一斑。

我的父亲很久以前就跟我谈起过我们这个赵氏家族的渊源。我们的家乡在江苏省沭阳县东部的沂涛乡赵涧村，父亲就在那里出生、长大、读书，后来参加革命工作。父亲 10 岁上下的光景，我的祖母便病逝了，我的祖父又当爹又当妈，含辛茹苦把父亲和叔父抚养大，看到了两个儿子成家立业。他离世时，我的哥哥差不多 3 岁，我还没有出生。我们村子里的人基本上都姓赵，只有个别外姓人，赵涧在整个沭阳县是一个比较“新”的地方，之所以这样说，是因为这里有人家不过是 200 多年的历史。赵家的老祖是从苏州阊门过来的，当时他在苏州已经有了妻、子，为了逃避瘟疫，从苏州城出来一直往东北方向走，在这里安顿下来，又娶妻生了三个儿子，以后不断繁衍，直到现在，整个赵涧赵姓之人的老祖宗是一个，所以是一家人。据说三个儿子长大后，这位老祖又开始了返回苏州的路程，最后是否回到了苏州，就不得而知了。父亲说，赵家的家谱是这样的排列顺序：邦天之世文庆增希、兴家立业永禄安康。祖父是“希”字辈，父亲是“兴”字辈，我是“家”字辈。

我曾经想过，有机会要到苏州去查一下地方志，看是否在大约乾隆至嘉庆年间发生过瘟疫以及人口北迁的事情。一次外出开会偶然碰到苏州大学的一位老师，无意中跟他谈起家族之事，他告诉我，他所知道的有“洪武赶散”的苏州历史记载，说的是明朝开国皇帝朱元璋在洪武年间，把一大批苏州人赶到现在的苏北，这些人基本上都是从阊门乘船出发的，所以许多人记住的老家的地址是阊门，其实可能性有两种：有的人本来就住在阊门，有的人不住在阊门，但因为从阊门出发离开苏州，就把阊门记成了老家。

历史真是有意思的事情，无论家国，都留下了时空的记忆。

守规则

守规则，是美国人给我留下的深刻印象之一，跟 Emily 相处的日子久了，从她的言行中不难看出这种规则意识。

作为项目主管，Emily 特别“公私分明”。项目的活动，尤其是外出活动，她都事先告诉我们详细的旅行计划行程，还特别在每一项活动的内容后面注明：哪些费用是由基金会出，哪些是由我们自己出，哪些内容只针对项目成员开放，不包括家属。同事 Feng 带了她 8 岁的儿子来美国，小家伙十分聪明，惹人喜欢，但因为有些活动家属不可以参加，比如田野考察和其他一些活动，所以 Feng 有时是把儿子安顿好之后自己来参加，有时只好放弃一些活动，为了儿子。当妈妈真不容易，要牺牲不少自己的时间以及机会。尤其在美国，法律规定未成年人必须有监护人陪伴，否则会面临不利的法律后果，故而家长们丝毫不敢懈怠。

2008 年 10 月，伊大的 Martha Brown 女士安排我们访问当地电视台，特别观看名为 Illinois Gardener（伊州园丁）的电视节目以及直播天气预报节目，这次活动不是项目的“法定”内容，大家可以自愿选择是否参加。Feng 想参加，Emily 专门写邮件询问 Martha，说有一位项目成员很想带她 8 岁的儿子一起前往，不知道你们的政策是什么，如果不允许，也没有关系。Martha 回信说，如果带孩子来是可以的,我想父母应该一直负责任。Emily 接着回信:我跟这位成员说了,她决定不带孩子去(非常好的决定),Emily 还用括号特别补充了一句。看到 Emily 为这样的“小事”反复与组织者沟通,我很是感佩她的细致和认真。

Emily 的守规则、讲纪律,并不是不近人情,她还是非常注意工作的方式方法的,既一丝不苟,严格按规则办事,又不伤害大家的自尊心。

项目给每个成员提供 1000 美元(在工资之外)参加学术会议的资助,鼓励我们积极进行学术交流。2008 年 9 月,我得到一个会议信息,主题是“2008 选举法研讨会:言论自由与选举法”(2008 Election Law Conference: Free Speech and Election Law),会期一天,地点在华盛顿特区。这个会议跟我的专业和研究十分相关,我很想参加,就写信给 Emily 征求意见。她非常委婉地回信说,这个会议对你是合适的,有没有其他你可以参加的在东海岸召开的会议?你要飞过去参加为期一天的会议,有点太可惜了,你再看看有没有别的会议,如果没有,你参加这个也可以。我明白她的意思,是说钱要用到刀刃上,最好不要浪费。后来,我放弃了这次华盛顿会议,改选另外一个为期更长的会议。

记得 2009 年 4 月的一天,Emily 发现项目办公室的垃圾桶里有几只空的啤酒瓶,她没有追究是谁干的,估计她是觉得大家可能并不熟悉相关规定,所谓“不知者不为过”,而是写信给全体成员,说学校规定在办公室不可以饮酒,希望所有人以后注意,不要再出现这样的情况。

尝有学者讨论自由与规则之间的关系,说自由是以规则为前提的,没有规则就没有自由。我很是认同。这或许可以用来诠释美国,一个守规则的民族,才可能是自由的民族。

重情义

重情义，是我对美国人的另外一个深刻印象。

2008年10月，多年支持我们项目的Joyce去世了，Emily特别难过，给大家写来邮件，详细介绍了Joyce和她的丈夫Joe为我们项目做出的巨大贡献，并且建议大家给Joe写信，安慰他，表达哀悼之情。后来，在参加Joyce的教堂追悼会之前，Emily专门写信提醒我们要注意的事项，包括着装正式一点，无论男女，尽量不要穿牛仔裤等，让我感到她的细致周到和对逝者的敬重之情。

12月初，Emily通过邮件对大家说，香槟现在的天气是真的冷了，要多穿一点。圣诞节前夕，Emily给我们每个人都送了一张贺卡，写上祝福的话，还不忘附上一根伞形的棒棒糖。圣诞节那天，她请所有留在香槟没有外出的同事到她家里去过节，热情地为他们准备各种食物和饮料，令他们备感温暖。

美国人的人情味不独我一个人有体会。Mike跟我谈起过他考驾照的经历，那天的考官是一位跟Emily差不多年纪的老太太，慈眉善目的，Mike和她唠家常，聊自己的家庭，特别是自己年幼的可爱女儿，考官说他是一个有责任心的人，考试轻松地通过了。Mike猜想是自己与考官在感情上取得了共鸣，考官才放行的。我想，Mike太谦虚了，考官是不会让一个驾驶技术不过关的人拿到驾照的,Mike 的技术肯定是没有问题的。不过,也不能否认一个确定的情形: Mike 的重感情,让同样重感情的考官对他产生了好印象,也倾向于相信他。

说到爱家人,我的导师尤伦教授绝对堪为楷模。我曾经问他,为什么当年你从斯坦福大学取得经济学博士学位后,不去像哈佛或者耶鲁那样的名校,却选择来伊大这样一个位置偏僻、名气也不是那么响的公立大学? 他说了两个原因,其中第一个原因就是: 他是印第安那州人,从小生活在州府 Indianapolis,他的父亲是一名律师,后来跟他的母亲离了婚再娶了,而他母亲一直独居,伊大离他老家 Indianapolis 非常近,从香槟开车去不到两小时,他可以经常回去看望他母亲。当然,他跟父亲和其后娶的妻子即继母的感情也不错,母亲节的时候,他会打电话问候他的继母,现在他的父母都已不在人世。

尤伦教授和他妻子的感情非常好,妻子喜欢加州,他一放假就陪她前往,他们有两个儿子,都是律师,所谓"子承祖业"。有一次上课时,他说到对婚姻和家庭的看法,提及妻子,他满脸的幸福和满足,还特别谈到他跟妻子的对话,妻子对他说: Don't be silly! 课上的同学们都笑了。silly 一词有"傻的;幼稚的"意思,确实,尤伦教授有时看起来是有些幼稚,不,更准确地说,是单纯。在一位 63 岁的老人眼中,你看到的是纯净、真诚、友善,他的目光清澈,不带任何杂质,那是历经生活磨砺后的沉淀,也是阅尽沧桑后的回归,一如孩子般的本真,不见尘俗之气。或许正是因为心中有爱、有情,他的目光才这样清亮。

熟悉的陌生人

我每次乘车从住处到学校，或者从学校返回，都会碰到不少熟悉的面孔，有的叫得出名字，有的叫不出。

在 Orchard Downs 车站碰到次数最多的是一对年轻黑人母子，我们都乘坐早晨 7:09 分开往学校的那一班车。年轻的母亲显然是个妈妈学生，儿子大约 4 岁，小家伙长得十分可爱，我听到他的妈妈叫他 Kevin，估计是他的名字，我也这样叫他，起初他不理会我的招呼，后来见面的次数多了，他可能发现我并没有恶意，就接受了我，再叫他时，他会跟我笑，露出整齐洁白的牙齿，一副调皮的天真样子。很多时候，是他的妈妈牵着他的手走到车站，也有他妈妈抱着他的时候，那多半可能是他不舒服，或者没有睡醒，按照中国人的说法，还有点"被窝气"呢。这位年轻的妈妈真不简单，能够兼顾得过来。

我还经常碰到一位姓程的女老师，来自中国大陆，年龄和我相仿。她的儿子从小跟她长大，已经在美国读大学，丈夫在国内，因为是一份公务员的工作，不愿意辞掉来美国；她呢，在伊大工作了不少年，很稳定，收入也不错，更不想回去，儿子也不愿意回去，一家三口分在两下，就这样过了很多年，一般是快到春节时，丈夫来看她和孩子。这般"牛郎织女"样的生活，也是人生的一种无奈吧？

个中的艰辛滋味非常人所能体会,她无疑是坚强的。离开香槟的那个月,我又在公寓旁边的田里看到了她,她正在那里忙着浇水,锄地,收获蔬菜。伊大曾经一度实行“鼓励开垦”政策,只要是伊大在编人员,一年上交 50 美元,就可以“承包”Orchard Downs 的一块地,随便种植什么都行,但不能够掠夺性耕种,损害土壤。所以,一到夏秋季节,宿舍区的林荫树下,总有人摆出瓜果蔬菜摊位,出售自己种植的果实。不过,后来由于申请的人太多,学校为慎重起见,暂停了新的许可。程老师就是这项政策的众多受益者之一。

记得一个早晨,我在 Orchard Downs 的车站等车,正好碰到程老师,她介绍站在她旁边的一位男士跟我认识,说他老家也是南京的。他笑着跟我打招呼,说自己现在是无业游民。无业游民?看到我一脸困惑,他接着说,就是农民工。我突然反应过来:你就是 08 年中秋晚会上演的博士后吧?他说,可不是,就是农民工。在国内,博士后现在成了比博士更高的学位层次甚至是学历层次,不少人在自己的名片或者简介中总忘不了把博士后的头衔放在显要位置,而在这里,博士后就是给导师干活的,导师就是你的老板。那天的中秋晚会节目上说,博士后就是老板的实验机器,无论何时何地,只要老板来电,你都必须精神抖擞地说:“May I help you, boss? ”看来,晚会并不夸张,也许实情的确如此,也难怪这位博士后仁兄要自称“农民工”了。说到底,在哪里不辛苦呢?干什么都不容易。

父母在，游不远

我平日每个星期至少给父母打一次电话，到美国后也一直保持这个习惯，惹得好朋友 Margaret 十分羡慕，她感叹自己的父母已不在人世，纵然心中对他们有千般思念，也是枉然。确实，人到中年，还有机会跟自己的父母交流，真的是一种难得的幸福，我非常珍惜。

我爱父母。他们给了我宝贵的生命、健康的体魄，培养了我宽容平和的处世态度和积极进取的奋斗精神。或许从世俗的眼光看，他们算不上是“成功人士”，但是，他们总是把自己人生历程中的所有经验教训都作为财富传给子女，这却不是世间所有的父母都能够做得到的。他们对我的影响既是与生俱来的，也是潜移默化的，他们让我明白，人要有追求，要自立、自强，即便是在物质生活贫瘠的年代，也要做一个精神上富足的人。在所有的挫折、磨难抑或是诱惑面前，也能够坚持本心和原则，保持一颗纯净的灵魂。不放弃理想的追求，在世俗的洪流之中，也能够保持一分清高。那是一种超凡脱俗的力量，恰如一种财富，让我一生享用不尽。每当我在外面的世界碰得头破血流的时候，是父母为我包扎和疗伤，那份慰籍，怎是他人所能给予？只有父母对子女的爱是无条件的。我感念上苍，让我成为他们的孩子。

我常常想,每个人都无法选择自己的父母,生命起于偶然,却也偶然中注定了某种难以言说的机缘。一个人,不管他的身份与地位如何,只要尽了他的力,对于这个社会、这个世界就没有遗憾,就是值得尊重的。特别是,一个人对家庭的贡献不在于留下了多少钱,而是用他的爱给他的亲人们以温暖,这就足够了。就像我的婆婆,一位目不识丁的农村妇女,做到了她所能做到的最好。她为了孩子和家庭付出了一生的辛劳,我的先生经常讲起小时候的事情:他自幼体弱多病,婆婆经常背着他去上学,为了给他交学费,婆婆在三九寒天,起早去割水芹菜,挑到集市上去买。婆婆舍不得为自己花一分钱,每天早晨为他蒸一个鸡蛋,而他总舍不得吃完,每次都要留一半给婆婆。婆婆去世,先生特别伤心,很长一段时间都没有办法走出来,他说,那是一种“无家可归”的痛苦。我理解的。

我女儿上小学时爱读郑渊洁的书,郑渊洁的书中曾谈到衡量父母是否成功的标准:你们要问你们的孩子,下一辈子是否愿意做你们的孩子,如果回答是肯定的,那么,就说明你们做父母是成功的,否则就是失败的。女儿告诉我这个标准的时候,她还不满10岁,我问她,你愿意吗?她小小年纪就不置可否。倒是读了大学之后,她非常明确地对我说,她愿意。她长大了,懂事了,了解和体会父母对她的苦心教养,即便严厉,也是为了她的成长。我在很小很小的时候,就愿意做我父母的孩子,尽管并不知道存在这样的检验标准。

子曰:父母在,不远游,游必有方。大意是说,父母在世,子女应该守着父母,不要远离家乡,即便是非要离开,也必须有一定的方向,而不应该随处漂泊,使得父母担心。或许在空间上看,这样的道理是成立的,在我看来,就子女对于父母的职责和义务而言,为尽孝道，确实应该是这样的。但是，从父母对于子女的意义而言，如果从精神层面来看，或许可以说成是“父母在，游不远，远亦有疆”。这样“篡改”先贤的名句，是想表达自己对于父母与子女之间关系的另一种理解，因为只要父母还在，子女在精神上就不曾远离，无论与父母在空间上相距多少公里，一颗心总系在他们那里，情感上的脐带从来不曾因为距离而割断，心灵上更是不曾分开过。即使不能够每天都陪伴在父母身边，也能够在精神上依傍他们，没有“无家可归”的痛楚。父母是孩子第一个家，即便子女长大后也有了自己的家，对于子女来说，父母都是家的代名词，跟家的含义是一样的，父母在，家就在，子女的情感就有寄托，哪怕走过万水千山，心一直跟在父母身边，心走不远，就是走在天涯海角，心的边际仍然在父母那里。这样的维系，是精神上的。

亲人的目光

启程回国之前,美国 Dad 和 Mom 专门在家设晚宴为我饯行,饭后美国 Dad 开车送我回住处,美国 Mom 站在家门口向我挥手告别,一直目送我们的车子离开她的视线。

这样的离别,这样的场景,在我的生活中不断重复地出现。每回离开父母的家,父母都要送到他们小区的大门口,看着我离开。回家,有时是向父母报告自己的成绩和进步,有时是向父母诉说自己的困惑和烦恼,每一次,父母总是为我解惑、答疑,从小到大,生活这本书,父母带着我读,引导着我理解人生的意义,指导着我向前走。时至今日,已为人妻、人母的我,仍然在精神上依赖他们。每一次跟父母团聚,我都能够获得力量,可以整理自己的思绪和心情,然后再一次勇敢地去面对外面的世界。我知道,有他们的牵挂,我的心就是幸福的、安宁的。我的爹娘,我的精神支柱,他们总在我人生苦闷的时候给我支持,让我这个在外漂泊的孩子,总是有心灵的归依,这是人世间任何其他情感都无法替代的。一直以为自己是很坚强的,可以抵挡外面的一切风雨,事实上,我仍然需要父母的羽翼,让我能够躲藏,让我的脆弱可以找一个地方暴露,而又不失体面——谁会在意在父母面前的弱小?我们本来就是孩子,在他们面前,永远是孩子。这是一种精神上的依靠。

我想起我的公公婆婆，每次我和先生、女儿回乡下老家看望他们，他们都非常高兴。公公老早就站在村头等我们，由于身体不好，他的语言功能很差，只能简单地说几个字，但目光始终慈祥，离开的时候，他总是送到村口。婆婆还要到自家的菜地里去拔些新鲜的蔬菜叫我们带走，她说，城里是吃不到的，她每次总在村口送别，关切的目光一直陪伴我们的车子，当车轮扬起的灰尘遮住了车窗，她瘦小的身影模糊起来，可我分明在心中感觉到，她仍在向我们张望。我知道，和我的母亲一样，婆婆的目光从未离开过她的子孙。

一路上，美国 Dad 跟我聊些家常话，非常轻松，尽量让我不要有离别的伤感。不过，他还是提到了一个沉重的话题：他的老师 John Cribbet 先生 5 月 23 日去世了，他很难过。Cribbet 教授是著名法学家，曾任伊大法学院院长、伊大校长，美国 Dad 刚到 UIUC 工作时，得到过 Cribbet 教授的诸多关照，想起他对他的种种恩惠，这位 77 岁的老人也是神情凝重。这样的凝重是我平常很少看到的，我熟悉的美国 Dad 总是乐呵呵的。记得春天时他送了我好几本书，其中一本的扉页写道：此书是我进入伊大的"敲门砖"，这样风趣的措辞是他的典型风格。此刻，思绪沉浸在过往岁月的他，用事业上的"领路人"来称 Cribbet 教授，可见他非常感激这位令人尊敬的前辈对他的引导和培养。我一时竟找不到合适的语言来安慰他，只能陪他一起沉默，我知道，没有什么可以阻断爱的关联，就像没有什么能够阻断亲人的目光。

到了住处，我下车向美国 Dad 道别，看着他的车子缓缓开远，直至消失在路的尽头。再见，再见，这一别山高水远，不知重聚何年，但我一定会回来看你们的，哪怕千里万里。我在心里默默地想……

致谢公交车司机

我从来没有想到,我在香槟以 Freeman Fellow 身份写的最后一封信,会是写给一位 MTD 公交车女司机的。

快要离开美国的前几天,我去距离学校很远的超市买东西,乘坐公交车回来,驾驶员是有段时间没碰着的年青白人女司机,她看到我,很热情地跟我打招呼,我也问候她,像长时间没见面的老朋友。以前,她开的是从 Orchard Downs 到学校的那条线,我经常会乘坐她开的那班早上 7：09 的车,上车总跟她打个招呼。我对她的印象很深刻,一是她的身材比较特别,很胖很壮,把工作制服撑得满满的;二是她的表情比较特别,无论何时碰到,她总是面带笑容。没想到,她对我也有印象。我不知道,她现在改开这条线路,当我到学校这一站下车时,她从驾驶室下来,追着我,对我说,你下错了站,应该到 Orchard Downs 下的。她同样不知道,我已经搬了家,就住在校园里薛妹妹的房子,在这一站下是最近的。她以为我还住在原来的地方,所以下车来提醒我,担心我下错站。在她说出她的意图的那一刻,我十分感动,眼泪流了下来。这位女司机,与我只是点头之交,却能够想到我可能下错站,并且从车上下来善意地提醒我。或许是一个人孤寂太久,就是这样一句话,让我崩溃了。在得到她的 Email 地址后,我写了一封致谢的邮件给她,告诉她，我在美国这一年非常幸运，总是能够遇见好人，她就是其中的一位。

算起来，公交车司机的热情，我不是第一次体会。五月份我去芝加哥旅行，就得到过他们的热心帮助。

那日下午，我游览了芝加哥大学后准备回宾馆，在公交车站等2路快线。171路车的司机——一位挺精神的黑人小伙子——建议我先坐170路，然后转6路，也可以到达目的地，我坚持说要等2路快线。没想到，他已经开了一个循环又回到了这个车站，我还没有等到。他于是又建议我采用转乘的方式，我决定接受。他把我带到停在他车后的一班170路车上，告诉司机——也是一位黑人男性，我要去哪里，并请司机提醒我到站时转6路。不知道是什么原因，他们两人斗起了嘴，我心不在焉地拿出乘车卡(是1天的Pass)，也没看清楚插卡的位置，结果把卡插到了投现金的地方，等我反应过来，卡已经被机器吃进去了，我连忙去掏钱包准备拿现金付车费，这时两位司机几乎齐声说NO，NO，我说是我的错，他们说不是。接着171路司机建议170路司机给我一个Transfer，后者好像有困难，171司机就去自己的车上拿了三张Emergency Pass，给了170路司机一张，170路司机插到读卡机中读了一下，就交给了我。我看了看，那是从第一次乘车之时起两小时内有效的Pass，我连声感谢，并说抱歉。车子到了6路站，170路司机热情地让我下车，告诉我在这里转车，过了一分钟，6路快线就来了，我顺利地回到了宾馆。

他们是普通的美国公交车司机，但他们的友善令他们不平凡，也让我这个外国人始终在心里感激他们。

离别的暴风雨

2009 年 6 月 18 日上午,我离开香槟。

那日,香槟遭遇了几十年才碰上的雷雨天,狂风大作,暴雨倾盆。一大早,Sam 开车来送我,通往机场的道路被雨水淹没,他最担心的是发动机在积水路面熄火,因为积水严重的地方,水位的高度远远在排气缸之上,一旦熄火就很难起动,那样的话,汽车准在路上抛锚,就真走不了啦。还好,担心的事没有发生,我们提前赶到了机场,由于恶劣天气,香槟飞芝加哥的航班推迟了半小时才起飞,飞行时间也较平时延长了,抵达芝加哥机场时,只剩下不到 20 分钟的换机时间。我一路小跑,奔到了登机口,稍作喘息,回过神来,整理好行李,在匆忙中拍了几张照片留念,然后登上了飞往上海的 AA 班机。

在美国的旅行从来没有如此不从容过,似乎每一步都很难,我思忖半天,觉得或许这是冥冥之中的天意。

按照中国人的传统认知习惯:出行雨天,到时晴天,是"大宜"。人欲离开时碰到大雨,只有一个解释:天也舍不得人离去,要阻挡离人的行程。那么,如果这是上天的安排,是不是可以认为香槟也舍不得我呢?这样一想,我有些自作多情起来,回到南京的家中,马上写了封邮件给 Emily,向她报平安,同时告诉她:中国老话说，当一个人离开时天下大雨，是好事，意味着这个地方想留住他、不希望他离开，我相信，你和香槟非常爱我，正像我非常爱你们。Emily 回信说：我担心你和 Sam，昨天早晨遇到了那么糟糕的暴风雨，Sam 说路上积水非常深，我很高兴你的旅程顺当。看到你离开香槟，我们确实很难过，我们也爱你、想念你，希望我们有朝一日再相见。哈，Emily 也是这样重感情！看来，我还并不算是太自恋。

说起来，如果不是 Sam 及时把我送到了机场，我的旅程一定很不顺。我十分感谢他。Sam 的驾车技术一流，侠义之心也是没有说的，访美这一年，我没少麻烦他，他每次都能帮我解决难题，化险为夷，简直就是一位幸运骑士。记得我的手提电脑好几次死机，都是 Sam 给重装的，让我能够在最短时间内恢复使用，在这个“电器依赖”的时代，离开电脑简直是手足无措、无所事事，至少我是这样。Emily 称 Sam 是我们办公室的“IT Person”，大家碰到电脑上的问题，基本上都找他。Sam 还建议我网上购物，并经常告诉我相关信息，2009 年初，我从网上买了一个 1TB 的移动硬盘，请 Sam 帮忙进行检测和分区，他开玩笑说，你买了这么大的硬盘！太大了，是要把整个美国都装回去吗？或许是吧，能够带走的有可以存盘的电子数据资料，还有不可格式化的难以言传的珍贵情谊。

人世间存在着许多种不同的缘分，我与香槟之间的机缘或许是最奇妙的一种，于我而言，在香槟的绝大多数日子里，故乡与他乡的距离只是时间上的，而不是空间上的。

不亦乐乎

2009 年 6 月回国后，我一直努力促进伊大和南大之间的学术交流，在秋季学期，也就是我回国后的半年时间里，伊大法学院有两位重量级学者访问南京大学法学院，一位是时任法学院副院长的索勒姆教授，另一位就是我的导师尤伦教授。

索勒姆教授的到访要感谢王凌皞博士的牵线搭桥。凌皞在伊大学习期间，索勒姆教授是他的导师，这次是利用索勒姆教授参加在北京举行的世界法理学大会的空隙，陪同他专门来南京的。索勒姆教授的主要研究领域为法哲学(法律理论)、宪法学、民事程序法和因特网法律治理等，其部分成果刊载于《哈佛法律评论》、《芝加哥法律评论》、《基础哲学》等顶尖法律期刊以及哲学期刊上。作为国际知名的法律哲学家，索勒姆教授 2004 年被《法律事务杂志》提名为美国最有影响力的二十位法律思想家之一，无论按照什么标准，索勒姆教授绝对算得上是“大牌”教授。他的讲座题目是：亚里士多德美德法理学与儒家美德法理学，是其近年来关于美德法理学研究的内容，凌皞主动承担了讲座的翻译工作，索勒姆教授的讲座受到热烈欢迎。

尤伦教授的讲座主题是：法经济学导论。他简明扼要地阐释了法经济学的理论基础、法经济学原理在法律规范制定和案件判决过程中的应用、法经济学研究的新近发展。在提问阶段，尤伦教授耐心细致地解答了同学们提出的问题。大家被尤伦教授生动幽默的语言、深入浅出的方法和深刻独到的见解所吸引，“零距离”地感受了这位世界级学术大师“神奇化易”的风采。现场气氛热烈而轻松，不时爆发出笑声和掌声。

讲座结束后，我请尤伦教授到我的办公室小坐歇息。他从我办公室的窗户向外望去，看到不远处的西南方向有一个高高凸起的地方，就问我：那里是不是山？我说不是。当时我没有反应过来，尤伦教授手指的地方是南京市区的五台山体育馆，平时大家并不认为那是山。第二天，我陪尤伦教授参观中山陵，我们站在中山陵的最高一层，居高临下，俯瞰南京城全貌，尤伦教授十分高兴。我起初很不理解为什么他会对山那么敏感，后来，我想到自幼他生长于印第安那州，那是美国中部的平原地带，可谓一马平川，是很少见到山的，也就理解了。那么，他选择就读达特茅斯学院的理由之一，是否也是因为那是一所山中名校呢？我跟他提及，5 月份我的美国东部之行曾经去过一个地方，跟他很是相关，他马上说，是达特茅斯吗？

其实，我给院里的访问教授推荐名单中，还有一位行政法专家莫里斯(Morriss)教授。我在 2009 年春季学期旁听了莫里斯教授主讲的行政法课程，他热情地向我介绍研究商业言论问题非常有名的一位教授，后来我从该位教授那里获得了很多有益的研究建议和相关资料。非常巧的是，我离开香槟那天，跟莫里斯教授搭乘同一个航班飞往芝加哥，他告诉我下半年将访问中国，我邀请他来南大。由于之前中方东道主时间安排得比较紧凑，莫里斯教授此次对南大的访问未能成行，我觉得挺遗憾，莫里斯教授写来邮件说：他也很遗憾，但相信以后会有机会的。是的，我也相信，来日方长，一切皆有可能。

子曰：有朋自远方来，不亦乐乎。我为二位教授的到来而高兴，我们因香槟而结缘，希望学术上的交流自此开始新的阶段。我也对他们心怀感激，南大法学院的学子们从他们的精彩讲座中获益良多，这正是我的愿望之所在。

旅行篇

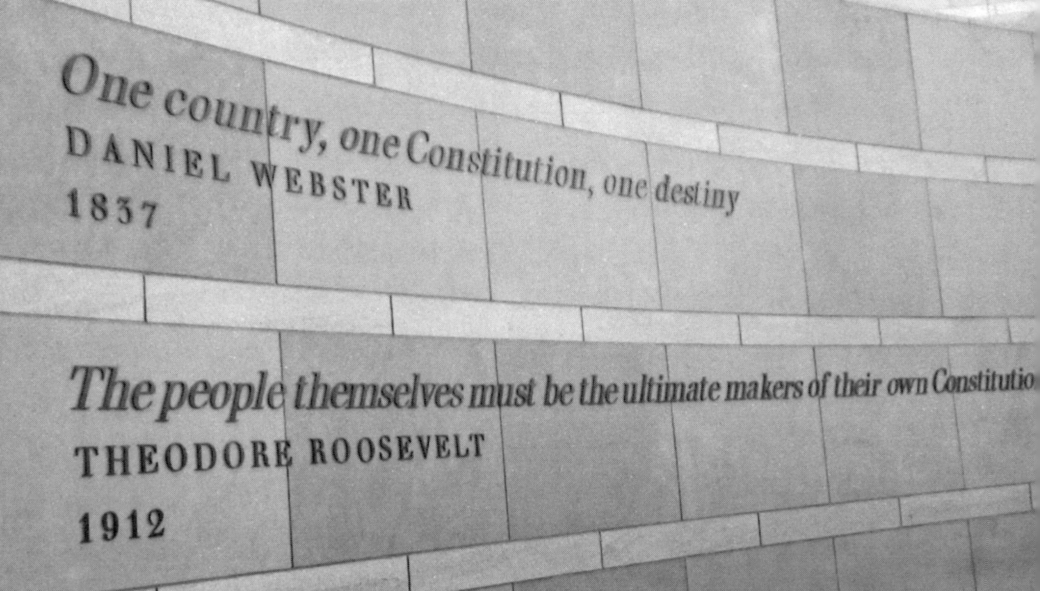

One country, one Constitution, one destiny
DANIEL WEBSTER
1837
The people themselves must be the ultimate makers of their own Constitutio
THEODORE ROOSEVELT
1912

唯爱无敌

帝国大厦(Empire State Building),纽约的标志性建筑之一,雄伟、气派,不失典雅,象征着镀金时代的荣耀与辉煌,是纽约观光客的必游景点。我也有幸一览风姿。

那天,我随着拥挤的人流乘电梯到达大厦最顶层,这里可以俯瞰纽约全景。更准确地说,理论上,站在此层,视线可以远及包括加拿大多伦多市在内的“大纽约地区”。不巧的是,纽约阴天,有雾,远远近近的物件看得比较模糊,不过也能够分得清大致的轮廓,还是非常壮观的,我拍了几张照片,算是有了个意思,也不虚此行了。

我印象最深刻的,不是大厦建筑本身,而是顶层入口处的一个“模拟 King Kong”——工作人员穿了黑猩猩外型的袍子装扮的,专门和来往的游客拥抱、合影,不时做出各种夸张的动作,吸引大家驻足。它的名字叫“King Kong”,是曾在帝国大厦取景的电影 *King Kong*(《金刚》)的主角。这让我想到那部电影给我的感触和教益,也觉得帝国大厦不是冰冷的存在,而是有温度的。

在电影中,King Kong 是一个力大无比的怪兽,长得像黑猩猩,它没有理智,肆虐地残害生命,人类用了所有可以利用的手段都难以将其制服,最后是一位女性的爱,使得所有的矛盾、冲突、纠纷得以解决，所有的丑恶都被战胜。当 King Kong 站在帝国大厦的最顶端，想要毁灭一切的时候，一位美女似乎是从天而降，吻了 King Kong，只在一瞬间，这个怪兽转了善念，终止了罪恶的行径，像佛家说的，“放下屠刀，立地成佛”。看来，爱的力量，真是神奇。

同样的情节设计和叙事线索出现在不少好莱坞大片中。比如 *The day the Earth Stood Still*（《地球停转之日》），该影片探讨的是一个沉重的话题：如果灾难真的降临，万劫不复，那么，什么样的力量可以拯救地球？换言之，什么样的力量可以拯救人类自己？编导们给出的答案是：爱。正是爱超越了苦难、生死、时空，即便我们，这些人类，可以与编导们想象出来的那些外星人有千般不同，但有一点却是始终共通的：爱。爱是人类最温柔的情感，也是所有生命体共同的特质，只有爱，才可以化解一切，这也是为什么有一首歌这样唱道：爱是人类最美丽的语言。事实上，爱不仅是人类最美丽的语言，也是一切生命最美丽的语言。

或许可以说，爱，是好莱坞大片的另类意识形态，其宣扬的主题是：唯爱无敌。应该承认，这个主题是积极的。我一直相信：不同国家的我们和他们、地球和地球以外的星球、人类和非人类，其实都是因为爱而存在的。当一个人的心中有爱，他必是快乐的、满足的、平静的，比如，他会感动：为了别人对自己的帮助，哪怕是一点点的恩惠，都铭记于心；同样，他的友善也会令别人感动。我对自己说，无论你的心中少了什么，都不能少了爱。对于一个生命体来说，什么都可以没有，唯独不能没有爱。

唐人街

在美国，很多大城市都有唐人街，其鲜明的中国风格堪为都市一景。

我第一次看到唐人街，是在纽约开会时。在香槟，也有不少华人商铺和饭店，但地点相对分散，规模也小，形成不了一种集中的状态，所以没有唐人街之说。纽约则不同。我们的会议地点在纽约热闹的曼哈顿区的 Marriott 酒店，会议期间的一顿早餐就安排在附近唐人街的一家广东餐馆，这里口味好、品种多、服务佳，老板、伙计都是华裔，对客人热情周到，一起就餐的开会代表都连连称赞。饭后大家一起散步回酒店，我注意到，整个街道并不长，空间狭窄，两边的店铺摩肩接踵，汉字招牌一个毗邻一个，拥挤中带着主动迎客的商业气息。街道的一端矗立着一尊人物铜像，高高瘦瘦的，昂首挺拔，御风而立，气度非凡，靠近一看，铜像底座上的文字有介绍，这位是林则徐先生。看来，即便是在海外，忠臣良士也是备受华人推崇和敬仰的。

据说，纽约是华人聚居数量最多的美国城市之一。我开会时住在纽约东南部的一个区，这里不能说是唐人"街"，而是唐人"区"，甚至是"村"、"城"或"国"，很成气候，购物、交通都十分方便，生活设施一应俱全。走在路上，碰到最多的是黄皮肤的行人，看到最多的是汉字,随耳听到最多的是广东话,让人觉得似乎是置身于广州或者广东省的某个城市,全无陌生感。

给我印象最深刻的,是波士顿的唐人街。唐人街离波士顿长途汽车站很近,我乘坐露天自动手扶电梯从地面进入乘车区的时候,看到不远处有一道牌坊式的大门,四周的柱子雕梁画栋,是典型的中国建筑的民俗色彩,大门上方的扁额写有四个醒目汉字:天下为公。不消说,那是孙中山先生终身为之奋斗的人生志向和社会理想之一,这吸引了我的注意力,决定走进街道看一看。我从扁额下走入,回过身来,看到扁额的背面还有四个字:礼义廉耻,旁边果然标有“孙文题”三个小字。我豁然间有一种了悟:忠孝节义,礼义廉耻,是中华民族自古以来的做人准则。可以说,正是依靠这样的道德教化,我们的民族才能生生不息,文明绵延几千年,这样的道德准则早已成为流淌在中国人血脉之中的文化基因。我没有向来往的路人打听这些字的详细来历,但无论如何,它们无疑是一种说明和宣示:作为中国人的后代,华裔仍然坚守着祖先的道德规范,即便是在美国的土地。

这样看来,唐人街是个空间概念,或者说只具有空间意义,不具有时间意义。那些来到美国定居下来的华人以及后代,或许有的靠着吃苦耐劳和聪明智慧,站稳脚跟,事业成功,也有的因为教育和家庭背景,一辈子就在华人圈子里生活,平平淡淡,每个人的人生轨迹和发展图景都不同,但有一点却是共同的:虽然生活在异国他乡,他们保持的还是久远的中国传统,中国人还是中国人,甚至可以说,在这里,历史是凝固的。

火车旅行

从香槟到芝加哥再到华盛顿的旅程，我是在火车上度过的。一路看风景、听音乐、读小说，也承受着慢节奏带来的重复单调与劳顿疲乏，却仍然感觉愉快和享受。

与国内不同，这里的火车是两层结构，下层有洗手间、储物室、行李房等，上层是旅客座位，座椅很宽大，手把处安装了摇杆，可以根据需要调节椅子的角度。在火车前部，有一节长长的观光车厢，三面都由透明玻璃制成，人坐在里面，外面的风物都在眼前，像是置身于景色的空间之中，又好像是在空气中穿梭，有一种与自然合为一体的感觉。这样的设计甚为奇妙。

在所有现代交通工具中，我最喜欢火车，不仅因为它安全、便捷，更因为它承载着我童年的记忆。

在1974年之前，我的父母一直两地分居。母亲在邳县，父亲在徐州。1970年我的外婆去世后，母亲把哥哥和我从老家接到了身边，一段时间之后，哥哥去徐州跟父亲一起生活，母亲留下了我。为了能够早日调回徐州，母亲先后在邳县下面的几个镇（公社）的医院工作过，从八义集到占城果园，再到官湖。我跟母亲不停地辗转迁移，从小学一年级到三年级，一共读了三个小学，一直到四年级才回到徐州父亲身边。跟母亲在邳县的日子无忧无虑，经济上并不宽裕的母亲，自己省吃俭用，却从不吝啬对于我的教育投入。只要是我学习上的花销，母亲总是乐意的。在官湖读小学时，当地镇中学办了个业余体校，专门教授小学生打排球，母亲给我报了名，送我去参加训练，还买了体校统一印制的球衣，那个年代能够穿上一件球衣，是相当神气的。

每到过节的时候，母亲都会带我乘火车回徐州，一年之中，要在东陇海铁路线上走几个来回。跟着母亲坐火车，是我最开心和最期盼的事情，我会扒着车窗，看着外面的树木一株株远去，仿佛是很害怕地跑着离开我，太奇怪了。在封闭的乡村，见过火车的人都很少，更别说乘坐了。火车寄托了一个乡村长大的女孩对许多美好事物的想象和向往，我当时并不懂得什么是机器、工业、文明，只知道，火车那端，是城里，有楼房，有马路，有汽车，有公园，有冰糕，还有穿着好看衣服的大人和孩子，他们操着一口好听的徐州市话，发音很洋气，更重要的是，城里有爸爸和哥哥。

记得最远的一次火车旅行，是跟母亲去南京。中途在徐州停留了一下，去看望父亲。父亲被造反派关进了学习班，吃住都在一个小黑屋子里，行动自由受到限制，不准跟任何人交谈和接触，家人也不例外。母亲带着我站在离父亲约有 20 米远的地方，看着父亲，父亲旁边还站着一个管他的人。父亲和母亲没有说话，只是相互看看，点点头，父亲就被那个人带回屋子里了。少不更事的我，默默靠在母亲腿边，远远地看见了父亲，又抬头望望母亲，似乎看到了母亲眼中的泪水。多年以后，每每想起那个场景，我都会为母亲和父亲揪一次心。

在美国，甚至在今天的中国，乘坐火车已不再是人们首选的出行方式，可在我心里，始终对火车情有独钟。

他乡见故知

在中国古代诗人的笔下，他乡遇故知，是“人生四喜”之一。我在美国见到了我的小学同班同学徐炜政先生，也算是一大幸事了，尽管是“约见”，不是“遇见”。

炜政兄住在马里兰州巴尔的摩市郊外的 Howard County，据说是美国最富裕的县之一，有点类似于中国的百强县中排名居前的县，巧合的是，他的祖籍苏州吴江就是这样的首富县。他家位于一个幽静的高级住宅区域内，这里的居民来自不同国家，华裔占不小比例，户主大都是受过良好教育的事业成功人士。他家的独栋别墅，一共三层楼，里外都装饰得特别漂亮，房前是一片开阔的绿地，种植着花草树木、水果蔬菜，打理得十分精致，可以看出主人的勤勉和智慧。我忍不住想到，在美国，拥有这样的花园、洋房，可以称得上是名副其实的中产阶级之家了吧？

在炜政兄家，我受到了他一家人的热情接待。他的父母退休前是徐州师范大学的教授，1960 年代分别毕业于清华大学和苏州大学。炜政兄是他们的独生子，他们每隔一段时间会来美国和他一家同住。两位长辈十分和蔼慈祥，细致周到地招呼我，陪我参观，跟我聊天，交流在美国生活的种种感受。看到他们，我觉得特别亲切，感觉像是回到了家，见到了久别的亲人一样。炜政兄有两个女儿，大女儿在外地读大学，小女儿年幼在家，很是乖巧可爱。

每个成功男人的背后都有一位默默奉献的女人，炜政兄即是如此。这位毕业于美国奥本大学的有机化学博士，目前是美国一家知名医药公司的研发科学家，事业风顺，年富力强，正在考虑回国创业。1990 年代来到美国后，他的妻子（在南京大学读本科时的同班同学）为了支持他继续读博士，自己硕士毕业后就工作了，负担起了全部家用，也几乎承担起了所有家务，说起那段奋斗初期的艰难历程，他对妻子的感激之情溢于言表，眉宇间也充满了幸福感，看得出他们是志同道合、伉俪情深。他妻子说，国内的朋友来应该吃西餐，美国的朋友来应该吃中餐，于是，在当地一家最有名的西餐厅，她着意为我安排了一顿十分丰盛的海鲜大餐。

炜政兄说，他在家里接待过不少从国内去的同学，有大学本科的、研究生的，也有中学的，但小学的，我是第一个。说起来，我们之间还是颇有些渊源的，不仅是小学四年级至五年级时的同班同学，还在读高中时同班过一年。小学时，他的座位就在我的座位后面，我一回头就能跟他说话。那时的他，个子不高，人很聪明，成绩好，话不多，是跳了一级从二年级直接跳到这个四年级班的，我是从外地才转来的，我们都算得上是这个班级的“新生”，最经常的交流是把各自写好的作业交给对方看，检查是否有错误。在那个知识无用论甚嚣尘上的时代，我们是班上少数几个仍然看重学习的学生。有意思的是，读中学时，我们倒不怎么说话了，或许那是每个少年都必经的模糊岁月，一切简单的问题都被想复杂了，萌动与懵懂并存，青葱与青涩同在。

如今，我们都人到中年，各自忙碌着，要不是我去美国访问，彼此的生活轨迹可能很难有交集。这或许就是缘分吧。

莱克星顿的枪响，谁听到了

五月的美国北部，草长莺飞，我来到位于波士顿城外西北方向的莱克星顿。与美国大多数小镇一样，这里风景如画，安祥宁静，只是镇中公园(Minute Man National Historical Park)矗立的一尊民兵塑像无言地提示着过往人群：这里就是当年打响美国独立战争“第一枪”的地方。

如今，战争的硝烟早已散去，历史音尘已然湮灭，革命者的鲜血和汗水作为一个崭新国家诞生前的阵痛，定格在了 18 世纪的悠远记忆中，连同那时的人与物都化作了纪念馆里的种种陈列，而独立后的革命成果之一即是建立起宪政制度，人民得以生活在“光荣与强大、自由与幸福”(托克维尔语)的体制下。从 1775 年革命到 1787 年立宪，只用了 12 年时间。这一枪，确实不同寻常。

美国散文作家房龙先生曾经不无幽默地写道：“按照诗人的说法，莱克星顿战斗的第一声枪响，‘震动了全球’，这有点儿夸张。中国人、日本人、俄国人就根本没有听到这声枪响。但这枪声却跨越了大西洋，它落在了欧洲不满情绪的火药库里，在法国引起了爆炸，震动了从彼得堡到马德里的整个欧洲大陆，把旧治国术、旧外交，埋在了数以吨计的民主瓦砾之下。”(见《人类的故事》中译本第 352 页。)事实上，不单单是听见没听这声枪响，各国不同，就是同样的爆发革命，其结果也是因国而异。

听到枪响的法国人革命了。革命在彻底砸碎旧制度的宏大声势中拉开帷幕，却并没有带来“自由、平等、博爱”的理想新世界，反而导致了暴政，最后以专制收场。断头台与大革命相伴而生，红色恐怖的血雨腥风，给乌托邦革命抹上了永远洗刷不去的暴虐色彩和残酷阴影，也让革命的法兰西自此开始经历近 200 年帝制与共和更迭、独裁与民主交替的动荡。幸运的是，纵然千回百转，1958 年第五共和国宪法颁行之后，法国还是真正走向了宪政之路。

即便没有听到枪响，中国人也不忌惮革命。在中国，革命的历史源远流长。作为暴力行动的代名词，革命是“城头变幻大王旗”的周期性社会动乱，不时重复着成王败寇的政权更替。无论革命的口号是什么，终究逃不出“兴，百姓苦；亡，百姓苦”的永无休止的宿命循环。革命改变的是统治者的姓氏，改变不了的是专制的实质，国家的命运在“动乱—专制—秩序—动乱”的怪圈中轮回。“人类社会是否能够通过深思熟虑和自由选择来建立一个良好的政府，还是他们永远注定要靠机遇和强力来决定他们的政治组织?”(见《联邦党人文集》中译本第 3 页。)这个在美国制宪之时，由汉密尔顿提出的留待美国人民“用他们的行为和范例来求得解决”的问题，今天仍然值得我们认真对待。

我伫立在塑像之下，仰望着这位手持步枪、目视远方的战士，似有所悟。不远处传来嬉笑之声，循声看去，那是一对新人在亲友簇拥下，欢快地拍摄着婚纱礼服照片，五月明媚阳光下，他们的面庞分外鲜亮，他们的身边，绿树茂密葱郁，火红的杜鹃花静静开放……

哈佛掠影

来波士顿是一定要参观哈佛大学的，否则就像没有来过一样，我自然不虚此行。因为有在哈佛法学院访问的杜官磊先生当向导，我的哈佛游览之旅轻松便捷、充满乐趣。

我们首先参观了法学院。丰厚的藏书、现代化的教学设施给我留下了深刻印象，果然是法学教育的龙头老大，确实有模有样。在一代法学宗师庞德教授的办公室——现已成为他的陈列室，我们浏览了这位法学大家的生平介绍和代表性的著作样本，想象着当年庞德教授的风采，也深深为其思想的魅力所折服。

法学院大楼附近有一栋红砖建筑，是法学院以前的办公室。据说，当年奥巴马总统在法学院读书时，担任《哈佛法律评论》的编辑，还是著名宪法学家却伯教授的研究助理，经常出现在这栋办公楼前。我们也在这里驻足，回望这位杰出哈佛校友的学生时代，不禁感慨岁月脚步的匆匆。

来到哈佛先生的雕像前，小杜建议说，一定要摸摸他的左脚，这样可以带来好的运气，会一切顺利。也许这是真的，但我已经这样大年纪了，现在才来摸他的脚，还来得及吗？我问自己。但无论如何，既然来了，总是要摸一摸的。

很巧的是，在校园里，我们碰到了小杜的两位朋友，大家结伴而行，一起游览这所牛校。小杜为大家详细介绍途中看到的每一座建筑，它们的历史缘由和相关人物的趣闻逸事。我们在查尔斯河边拍照留影。查尔斯河增添了哈佛大学的灵动气质和浪漫色彩，是校园的标志性景点之一，也是大波士顿市的内河，它分开了波士顿和坎布里奇两个部分。我乘坐地铁红线从住处去哈佛的路上，从查尔斯河的桥上经过，河里的点点帆影和河畔的优美建筑不停在眼前闪现，衬着绿树、鲜花以及蓝天，感觉似在画中穿行，真是一种赏心悦目的享受。很少有城市能够像波士顿这样，集自然风光与人文传统于一身，既宁静古朴，又充满现代气息，实在是不可多得。

大家又来到肯尼迪政府管理学院。小杜介绍说，有不少中国政府官员来这里进修学习过，一个规律是：进修时间的长短与级别高低、晋升速度成反比，呆在这里的时间越短，则级别越高、晋升越快。我打趣说，我们只来这里拍了几张照片就离开了，岂不是呆的时间最短的，想必回去一定是升得最快的了。哈哈哈，大家一阵笑声。

我很感谢小杜，他的向导服务十分到位、周全。小杜是好友王凌皞介绍给我认识的，他们是博士同学，同一时间来到美国，地理位置是“一北一中”。有意思的是，与凌皞的沉静、安稳不同，小杜外向、活泼，恰如伊大的静谧、内敛与哈佛的热闹、开放，他们都选择对了学校，与各自的气质相匹配，这不能不说是一种幸运，或许也是缘分？

象牙塔耶鲁

象牙塔，是我对耶鲁大学最直接的印象。

耶鲁大学位于美国东北部的康涅狄格州（Connecticut）。尝有“只知耶鲁大学而不知康涅狄格州”的说法，可见耶鲁的盛名远在州名之上。纽黑文，New Haven，这个康涅狄格州的海边城市，因为是耶鲁大学所在地而为人知晓。所谓“山不在高，有仙则名”，果真是有道理的。难得的是，今天的纽黑文依然是安静的，有一种置世间喧嚣于身外的沉着和从容。

耶鲁的校园非常美丽。好像每一栋建筑都充满了年代感，外观典雅，卓立不凡，造型以带有尖顶的哥特式风格为主，游人需要仰视才能看到尖顶。有的建筑内部装潢考究，材质上乘，工艺十分精湛，修饰部分也是美伦美奂，绚丽多彩，让人目不暇接。校园面积不算大，感觉规划者是要充分利用每一寸土地似的，建筑与建筑之间的空隙很小，略显拥挤，留出的空地很少，有点“五步一楼，十步一阁”的意思。即便如此，有限的空间也被利用到了极至，似乎每一片草坪，都经过了仔细修整，绿茸茸的，平坦铺就，每一个花坛都被精心打理，繁花锦簇，万紫千红，间隔几米之遥，就矗立一座雕塑，有高有低，姿态各异。整体看下来，虽算不上是“一步一景”，却也有“移步换景”之效。

如果把耶鲁校园比作一幅彩色静物画，它无疑是精美的，也是精致的，唯一的瑕疵似乎是少了“留白”之处，视觉上有“满目”之感，让人多少有些疲劳，甚至是压抑。

这样的感觉，我在游览哈佛大学时是没有的。就建筑和环境而言，与耶鲁相比，哈佛简直就是“粗、大、壮”，大多数建筑的外观和色彩极为普通，更谈不上是精雕细刻，抑或“廊腰缦回，檐牙高啄”，好处是空间非常开阔，少有局促和狭小之地。耶鲁和哈佛同是世界名校，创立时间差不多，又都是地处美国的东北地区，它们的校园风格何以如此迥异？

有这样一个传说：耶鲁大学的创建者最初来自于哈佛大学，是哈佛的教员，正是因为不满意哈佛的开放性和大众化的定位，才决定另起炉灶，组织了一拨志同道合之人，在这里重树起一面学术旗帜，以精致的学问与哈佛抗衡。几百年来，两者在全球牛校排名榜上参差交替，难分伯仲，学术声望也是不相上下。也难怪它们在“外表上”存在差异了。传闻未必准确，却传递了一个信息：社会对于大学的需求是多元化的，学术风格以个性自立，只要学问做得好，是不会没有接受者的。

确实，耶鲁的学问十分纯粹，一丝不苟，严密谨慎，以追求至真至善为品格，就像校园一样精美。坊间一句话流传甚广：“耶鲁的东西是丝毫用不着怀疑的，哈佛的东西则或许需要稍微看一下。”也许这是对耶鲁学问的最好评价。

千里访名师

2009年5月14日，我拜访了耶鲁大学法学院的波斯特教授(Professor Post)，那时，他还没有就任法学院院长。因为之前和我的研究生桂舒一起翻译过波斯特教授的一篇文章，所以觉得自己跟他应该多少有些学术上的渊源，就贸然写信去，表达了想拜访他的愿望，波斯特教授欣然接受了我的请求，并约定了见面时间地点。

在美国当代宪法学界，波斯特教授是一位泰斗级人物，他的研究独树一帜，成就斐然。或许与他的知识构架和学术训练有关，这位哈佛大学历史学博士、耶鲁大学法律博士，堪为法学教授中"Joint Degree"的先行者，他的作品既有历史研究的细密性和厚重感，又不失法学研究的逻辑维度和实践品格。波斯特教授是高质又高产的学者，著作等身，尤以第一修正案的研究见长，不少著述都是围绕言论自由展开的，也是美国较早研究商业言论的学者之一，他的论文是迄今为止这个主题研究者必读的基础性文献。他的代表性著作如 *Constitutional Domains: Democracy, Community, Management* 等，影响广泛。有意思的是，仅从这部代表作的书名看不出该书的具体讨论内容是什么，但全书几乎都是在讨论言论自由的理论与实践问题，或许在波斯特教授看来，

“宪法的领域”在某种程度上就是“言论自由或者宪法第一修正案之司法决定的领域”。这一点都不夸张，事实上，言论自由在宪法中的重要性，是怎么强调都不为过的。

波斯特教授在他的办公室接见了我。这位宪法学大家，看起来十分随和与平实，丝毫没有大牌教授的架子。原来，真正的智者并不以与真理同在而自居，相反，愈是接近真理就愈谦逊。他微笑着听我介绍自己和谈及伊大访问的情况，当知道我目前的研究以美国商业言论为主题时，他热情地向我介绍他在这个领域的几篇论文，论文的主要观点，并且说将把电子版发邮件给我，后来我果然收到了他发来的论文。作为他的仰慕者，我带去了一本他的*Constitutional Domains*，请他在扉页上签了名。

回国后，我给波斯特教授写信，希望能够有机会翻译他的*Constitutional Domains*一书，他表示欢迎，并告诉我哈佛大学出版社已经把中文简体字的版权卖给了北京大学出版社，让我跟北大出版社联系。联系的结果是：北大出版社买到版权已经几年了，但一直没有启动，因为有些内容需要进一步审查，当时我留下联系方式，跟一位主管的主任说，很希望成为译者。后来才知道，出版社不久把这个任务委派给了一位年轻学者，2012年中文译本出版发行。我有些失落，却也高兴，毕竟这部著作在中国面世了，译著的水准堪为精湛，尽管译者不是我，那又有什么关系呢。

普林斯顿的美

我的新泽西州(New Jersey)之旅,受到了南大研究生同学郭鸿妤女士的热情接待。她为我安排的一个重要日程是访问普林斯顿大学,我非常高兴。一直以来,我都非常仰慕这所世界级名校,鸿妤的安排正合我意。

普林斯顿大学创立于1746年,是为数不多的早于美利坚合众国存在的高等院校之一,也是少数几所没有在一波又一波的“扩张大潮”中迷失的大学之一。直至今日,它的规模都非常小,基本保持了传统的文、理学科体系,没有设立专业性的职业教育学院,比如法学院、商学院、医学院等,但教学与研究都非常精,堪称一流,尤其重视基础性研究,在数学、物理学、经济学等许多学科领域都引领世界先进水平,学术贡献卓著,学术影响广泛,声名远播。

漫步在普林斯顿校园,仿佛置身于童话世界,又像是进入了不染烟火气的人间仙境,感觉特别纯静、自由,尘世的一切凡俗之事都不在你的眼中,更上不了你的心。这种清新秀逸的气质,似乎与伊大、南大有某种神似之处,让你可以放下烦恼,安静下来,沉淀下来,专注于自己的目标。

鸿妤详细给我介绍校园里的每一处景致,不知不觉中已经逛了一圈。有意思的是,校园里的道路,有些地方是笔直的、宽敞的,也有些地方蜿蜒曲折，看似已为尽头，却在山重水复之处，只几步的过渡，就又来到了一片新天地。我不知道，这是自然形成的，还是建设者的规划，无论是哪种可能，是否也是一种风格的展示：坚持与坚守是大学的品质，真理往往就在目光的终点处显现，再坚持一下，或许就找到了期待中的方向。

离开校园，鸿妤带我来到不远处的另外一座不大的院落，她告诉我，这里是物理学家爱因斯坦教授工作过的物理研究所，已对游人开放多年。院中的草坪，或许是世界上最知名的草坪之一，因为它经常出现在爱因斯坦的照片上，是一个标志性的背景，爱因斯坦经常在这里散步。其实，爱因斯坦经常散步的地方不止此处，草坪之南还有一方小湖，面积不大，湖水清澈见底，湖边绿树掩映，夕阳晚照，风吹树叶，送来阵阵清凉，如一幅水墨画，淡然、宁静。爱因斯坦常常在湖畔徘徊，思考着他的理论。

我非常感慨：普林斯顿真是一所神奇的学校，精细，又不失宽和；个性，又富于包容；开放，又不至于浮躁，在动与静之间，把尺度把握得如此之好。我和鸿妤都认为此处是一个做学问的好地方，在这样的环境中，如果你还静不下心来，那么，只能说明你选错了职业——做学问不适合你。

普林斯顿的美是大气的、静谧的、深邃的，像是京剧舞台上的青衣，不似花旦一般绚丽、张扬，却在举手投足之间，魅力毕现，即便是于无声处，也怎么都掩不住自身的光芒。

达特茅斯

山花烂漫、草木葱茏的五月，我来到位于新罕布什尔州（New Hampshire）的达特茅斯学院（Dartmouth College），这里是尤伦教授的母校。

达特茅斯学院历史悠久，个性鲜明，至今仍叫“学院”，听上去似乎层次不高，但我们千万不要被“外表”所迷惑，作出错误判断。达特茅斯学院是著名的常春藤盟校之一，规模不大，走的是“精、实、雅”的路线，保持着传统大学教育的严谨、简约风格，本科质量在全美属一流，科研水平也是名列前茅。入学门槛不低于诸如哈佛、耶鲁、普林斯顿等牛校，与卫斯礼学院、格林耐尔学院等学院一样，是美国优秀高中生的首选大学之一，毕业生的受欢迎程度非常高，据说商科学生常常是“供不应求”，确实应了那句中国老话：人不可貌相，海水不可斗量。如果你看轻了她，只能说明你对美国高等教育的状况太缺乏了解了。

有意思的是，达特茅斯学院的学院之名还与一起宪法诉讼案件即 1819 年“达特茅斯学院诉伍德沃德案”相关。达特茅斯学院是依据 1769 年的英国皇家特许状创立的，1816 年，新罕布什尔州议会制定法律，修改特许状，将学院改为“大学”，旨在使得学院由私人机构转变为州控制的公共机构。学院拒绝接受，以州法规定违反联邦宪法为由向法院提起诉讼，联邦最高法院的终审判决认为，达特茅斯学院是私法人，不是公法人，私法人的特许状在性质上属于契约，其神圣性必须得到维护且并不因美国独立而有所减损，该契约受宪法第 1 条第 10 款的契约条款（即"任何一州都不得：……通过任何公民权利剥夺法案、追溯既往的法律或损害契约义务的法律……"）保护，这项州法违宪。这个案件是运用宪法保护契约履行和私人产权的典型案例，达特茅斯学院之名也因此留在了美国宪政历史上。

我在校园里游览，碰到了好几位中国留学生。他们脚步轻盈，面带微笑，洋溢着青春的气息，耐心地为我指路，热情介绍学校的情况，建议我在图书馆、运动场等几处标志性的景点拍照留念。快要离开时，我问一位中国女生为什么选择来达特茅斯读大学，她说，学校极为重视本科教育，能够打牢基础，虽然学费挺高的，但很值得；另外，学校远离喧嚣的城市，自己能够不受外界的打扰和诱惑，心不旁骛地专注于学业，很享受学习的过程和学校的生活。

确实，与不少地处闹市的名校相比，达特茅斯学院是标准的世外桃源，所在地是一个名为"汉诺佛"（Hanover）的偏僻小镇，整个学院坐落在群山之中，康涅狄格河从不远处流过，可谓依山傍水，环境宜人，形成了独特的校园氛围：既宁静、安详，又不失优雅、厚重，也难怪从这里走出去的尤伦教授，可以集睿智、谦和于一身。这让我想起圣人的话：智者乐水，仁者乐山；智者动，仁者静；智者乐，仁者寿。在这里，我似乎找到了成就一代学术大师的部分原因。

围观白宫

白宫(White House),美国总统的官邸,也是联邦政府的标志和象征之一。据说 2001 年之前,观光客是可以进去参观部分办公场所的,但 9·11 恐怖袭击之后,安全成为最重要的事情,白宫不再对外开放,迄今没有解禁。游人只能站在白宫的院子外面,隔着围栏的空隙朝里张望,看着院子里面的房舍、草坪、喷泉等,还有间或出现的行色匆匆的工作人员,想象着总统办公室的布局与陈设。游客们不自觉地绕着围栏,像转圈子一样观看这座特殊的建筑,并不时选个不错的角度以白宫为背景拍照,几乎在四周都能看见游人,那情势不是参观,而是"围观"。

我也是围观者之一。尽管之前就知道不能进去,有了思想准备,但还是为没有机会"身临其境"感到十分遗憾。白宫的意义远非其建筑外表那样普通,说其是美国乃至世界政治的晴雨表也不为过。

在美国联邦政府的权力构架中,总统属于执法分支,联邦宪法明确宣布:执法权力(executive power)属于美利坚合众国总统,任期四年。从总体上看,总统的权力主要包括三大项:执行法律、负责外交和国防事务及统帅军队、参与立法。美国总统由选民直接选举(通过选举院)产生,因而具有自己独立的选举基础,直接向选民负责，不受制于联邦代议机构即国会的信任与否。作为国家元首和行政首脑合二为一的机构，美国总统具有其他许多现代民主国家的国家元首和行政首脑所不能比拟的显赫地位。有人曾经评论英、美两国政治制度的差异：一个只保留了王冠，而一个却创设了国王。说的就是美国总统，其“权势”之大，堪为国王。正是这样的强势角色，使得美国总统在国家事务中举足轻重，其一言一行都备受社会关注，加上美国在国际关系中的大国威势和张扬做派，总统的任何外交、军事决定，也都无一例外地会引来全世界的围观。

当然，有人并不满足于围观，而是要成为被围观者，如这白宫。在白宫正门前面，我看到一个露营帐篷，一位男士在帐篷外面席地而坐，腿上还放了一个笔记本电脑。他 40 岁上下的年纪，身着有美国国旗图案的上衣，神情淡然，身后还树了一个牌子，上书反对战争的内容。不少游客经过他的身边时，停下脚步来，想看个究竟，呵，此处没有院墙和围栏，可以一览无余。面对游人探询的目光，他视若无睹，丝毫不介意自己的“另类”存在，一直保持着“默语片”状态。

我注意到，不时有几个警察从这里走过，还有执勤的警车开过，警察们朝这位静坐者看看，并不说什么，也不驱赶，任由他的存在。想必他们是知道的：静坐也是一种表达自由，是政府必须保护的。尽管发生在白宫门前，非常有碍“观瞻”和有损形象，甚至丢了总统和美国的脸。

国会印象

2008年秋季学期,我旁听了伊大政治系教授Miler女士的课程US Congress(美国国会),对美国国会的运作原理有了系统的了解,也希望能够有机会亲眼目睹国会,对照和验证书本上的国会形象。2009年6月在首都华盛顿旅行期间,我专门去参观了国会。

那天,我的运气非常好。一是正赶上会期。根据美国联邦宪法第20条修正案,国会每年至少开会一次,除非国会以法律另定日期外,此会议在一月三日正午开始。虽然国会的开会时间比较长,但并不是一年到头都在开会,能赶上开会期,就可以旁听参议院和众议院的讨论,对于游客来说,无疑是一个难得的机会。二是没有排队。游览国会的人特别多,要数倍于参观最高法院和白宫的人数,这里的游览规则是免费不免票,每天都限定参观人数。我刚走进一楼大厅,就发现服务台前排起了长长的队伍,我也尾随其后,一位年轻白人游客友善地告诉我,如果我是外国人,是不用在这里排队的,只要拿护照就可以优先进入参观区,需要排队的是本国游客。真是好规则!我就此节省了不少时间。

即便如此,进入参观区的通道仍然是拥挤的,步骤也不简单,安检十分严格,照相机、摄像机、录音机、手机、手提包等必须存在专门的柜子里，除了参观者本人，随身携带的几乎所有东西都不准带入。熙熙攘攘中，七转八转地乘坐了好几次电梯才到达旁听区。我先听了参议院，后去了众议院。游客被工作人员反复提示要保持安静，不要随意走动。在众议院时，我看到有些法案的名称和表决票数被公布在电子屏幕上，就想记下来作为资料，“好脑筋不如烂笔头”，怕脑子记不住，便摸出口袋里仅留下的一只笔和领到的国会宣传单，打算做个简单的笔记，刚写了两个字，一位警察马上走到我跟前说：不准记录！呵，真是严格。

参议院的会场特别安静。发言的三个议员，我不知道姓名，也不知道他们来自于哪个州，但是，他们有一个共同的特点，每个人发言的时候都特别的认真，衣着非常正式，头发一丝不乱，腰杆子挺得溜直，颇有绅士风度。三位的发言主题不同，第一个是关于儿童问题，第二是关于吸烟问题，第三个涉及到对目前奥巴马政府的政策的评价，好像是外交和税收政策。第二位在发言的时候用到了许多研究资料、数据、图表，还不时变换事先准备好的图板，以更形象地说明他的问题，时而引用研究成果，比如波士顿大学某教授的研究结果。速记员腰间挎着打字机不停地打字记录，每隔 15 分钟，就有一位速记员上场替换现在的这一位，交接的 1—2 分钟内，两位同时记录。

众议院就太不一样了，闹哄哄的。会场发出的噪声竟然超过旁听区的，我的第一感觉是：整个一群乌合之众，让我想起古希腊雅典城邦的民主，那时的场景想必与此很相象吧。议员们聚在一起，三三两两，有的坐着，有的站立，交头接耳，似乎在进行着讨论和辩论。到了投票的时间，主席在主席台上敲下了手中的槌子，大家开始投票。在主席台上方的墙上，通过电子屏幕可以看到每个议员的姓名、他们所在的州、他们投票结果，蓝色表示赞成、红色表示反对、橙色表示持不确定态度。在两端的连接一楼和二楼的栏柱上显示着正在进行的投票的情况，赞成和反对的数字不断地变化着，有一个时点的赞成票(YEA)是298，反对票(NAY)是119。

在美国联邦政府的三大权力机构中，国会对公众的开放程度最高，或许是与其本身代议制机构的民主性质有关吧，亲民，是民意机关的第一要旨。

最高法院的魅力

对于一位以法律为业的人来说，美国联邦最高法院是美国之行必去的景点，这既是基于对法治的崇尚，也是被最高法院的魅力所折服。

我就是怀着敬意来到最高法院参观的。那日天气格外晴好，像是猜透了我的心情，所谓“一日看尽长安花”不过如此吧。也特别顺利，因为担心去迟了排不上队，错过机会，所以赶了个大早，到达时，距离开放的时间还有半小时。在门口等待的游人不多，零零星星的，放行后，大家依次进入参观区，没有其他景区的拥挤现象。很显然，来这里游览的是“小众”。也难怪，在喧嚣的现代民主社会，法官虽然算不上离群索居的群体，也是最少出现在公众视线中的公职人员，远离传媒几乎成为职业操守，不被“追捧”也在情理之中。

历任已故首席大法官和部分大法官的塑像，是最高法院的特殊景观，也是最高法院的骄傲：最高法院的魅力实是大法官们的魅力。

首先是马歇尔大法官(Chief Justice Marshall)。在最高法院，唯有马歇尔大法官既有半身塑像又有全身塑像，其他大法官，即便是首席大法官，也都只有半身塑像。马歇尔大法官是第四任首席大法官,他的成就和贡献是怎么评价都不为过的。他在“马伯里诉麦迪逊”一案中的意见创立了世界历史上的司法审查制度,最高法院自此拥有解释宪法的职责和宪法维护者的地位,正是他的努力,司法权才真正成为三权中的一权,有实际分量的、并非可有可无的一权。

来到沃伦首席大法官(Chief Justice Warren)半身塑像前,我想起他在20世纪50—60年代的司法作为,通过一系列案件的判决,推进了美国平等权实现的进程。据说,艾森豪威尔总统平生最后悔的两件事情之一,就是提名沃伦担任最高法院大法官。他没有想到,一向保守的沃伦,一到最高法院就积极起来,秉承司法能动哲学,对许多案件的决定都超出他的预料。或许正是因为作为总统的他、作为民意机关的国会,对于社会变迁发展趋势的“反应迟钝”,才造就了能动的司法:沃伦领导的最高法院走在了公民权利运动的前列,说“时势造英雄”,也许一点也不夸张。

说到“时势”,我想起另外一位伟大的大法官——霍尔姆斯(Justice Holmes)。一位传记作家曾经提到,霍尔姆斯是一个勤于思考、善于总结的法官,他一直在做着准备,等待着他一生中最重要的机会的到来,为此,他从不放松学习,不断完善自己的学养,那个发表在“抵制征兵第四案”中关于“思想自由市场”的最著名的反对意见,就是他一直等待的时机。由此,他获得了美国宪政史上“伟大的异议者”的美称。

我在三位大法官塑像旁拍照留影,觉得十分荣幸,也感到一种责任:作为一位宪法学者,我能够为自己的国家和人民做什么?

战争与自由

二战中心(World War II Centre)位于华盛顿特区的市中心，是首都的标志性旅游景点之一。与其他景点不同的是，它的主题十分沉重：纪念在第二次世界大战中死难的美国军人。

中心的建筑整体由喷泉、雕塑、群墙、文字等元素构成，通过不同方式介绍美国参与第二次世界大战的情况，其中，群墙是一个非常有个性的设计，就是为美国的50个州都树了一堵独立的墙，墙的一面镌刻着该州的州名，另一面镌刻该州二战死难军人的数量。看到这样的场景，让人有悲怆甚至窒息之感。因为战争，一个个有血有肉的鲜活的生命，最终都变成了一组组冰冷的凝固的数字，那么，战争的价值何在？

中心给出的答案是：自由。中心用文字 The Price of Freedom 即自由的代价来解释战争，同样的文字表达，我在美国国家历史博物馆(National Museum of American History)也看到过，后者专门开设了一个主题展区 The Price of Freedom: Americans at War，介绍自1775年独立战争以来，美国本土发生的战争以及美国发动或者卷入的海外战争，大大小小，数以几十次计。用自由来诠释战争，确实为战争提供了正当性和合法性，“为了自由而战”，几乎是所有现代战争的理由，不过，无论如何文饰，都始终难以回避一个残酷的事实：通过战争而保护或者获得的自由，代价太高了，自由的背后是生灵涂炭，是玉石俱焚的浩劫。

战争给国家带来了暂时或者永久的安宁，也给普通人留下了难以遣释的伤痛。有不少美国电影就描述了这样的伤痛，比如，一部名叫 *Everyman's War*（《普通人的战争》）的电影通过一位美国士兵的经历观察二战。在这位美国士兵眼里，战场上碰到的德国士兵，也不都是残忍的、冷酷的，影片的一个场景是：当这个美国兵负伤后，踉踉跄跄地走在雪地上，他的目的地是美国军营，一路走，受伤的手臂流着血，在雪地上留下了一道红色的印迹，这时的他没有任何抵抗的力气，杀死他易如反掌，在他后面的一位德国士兵举起了枪，瞄准、放下，又瞄准、又放下，最后还是放过了他。编导没有交代为什么这位德国士兵会如此做，但显然暗示：一定是他内心被什么触动了，不忍心抠动扳机。还有一位德国士兵在被俘后选择开枪自杀，他告诉这个美国兵，他现在是一无所有了，他的妻子是犹太人，被杀害了，本来以为他当兵可以换得家人的平安，但是，他错了，一切并不是按照他的意思发展的，所以，他的心死了，选择结束自己的生命——没有了家庭、亲人，他活着没有意义。也许，所有的战争都是普通人的战争，因为，他们承受了无情的生离死别，承受了太多的悲哀和痛苦，在这个意义上，所有的战争都是非人性的、非人道的。

在中心西面群墙之外，我碰到了一位二战老兵。他看上去已经有 80 岁，身材瘦弱，精神矍铄，胸前挂满了各种勋章，用他微弱的声音向游人介绍着战争的残酷和他坚定的反战立场，引来围观者的掌声，大家向他致意，表达尊敬和感激。

费城故事

如果不是为了参观国家宪法中心(National Constitutional Centre),我是断不会想到来费城走一趟的,这个废旧的工业城市,全然没有了昔日的兴旺,鲜有游客光顾。不过,对于一个以宪法研究为业的人来说,费城却是极具魅力的,像是天空中一颗永不陨落的星辰,在夜幕下熠熠闪光,静谧、遥远而又执着。

国家宪法中心位于城市商业区热闹地段,与独立宫、自由钟、富兰克林纪念馆等建筑相距不远,连成了一个"游览群",构成费城这个"革命老区"的标志性景区。不同于独立宫、自由钟这两个早先存在(甚至是先于美国而存在)的景点,宪法中心是后建的,这片景区确实是了解美国历史的好地方,革命、建国、立宪等重大事件都可以在这里找到痕迹。

费城是美国联邦宪法制定之地,1787 年的费城会议因制宪而留名,成为美国宪政制度的起点。宪法中心的展览大厅详细介绍了当年的制宪会议以及美国宪法在不同时期的关键性事件,图文并茂,同时配有新科技的投影、声像演播等方式,形象生动地再现美国宪法的产生与发展状况。要把 200 多年来的宪法历史加以梳理和展示,不是一件容易的事情,展览大厅基本做到了。遗憾的是,大厅被禁止拍照和摄像,我无从获得展览资料,不过,大厅里的每一处细节都可以让我对之前熟悉的美国宪法问题进行印证并且重温，而对于那些未从书本上读到的不熟悉的问题，则是通过展览进行新的学习和认识，于我而言，也是一种享受和满足。

在展览大厅的对面，有一处群雕人体塑像，应该与真人是100%比例，重现了制宪会议表决时的情形，主要有华盛顿、麦迪逊、富兰克林等人，他们身体姿态、面部表情各异。我发现，有三位异议者的像也在其中，分别是爱德蒙·伦道夫(Edmund Jennings Randolph)、乔治·梅森(George Mason)、艾尔布里奇·格里(Elbridge Thomas Gerry)三位先生，他们没有在宪法上签名，成为制宪会议的少数派。当然，根据制宪文件记载，尽管三人都持异议，但他们不签名的理由是不同的。我对他们心怀敬意，就像尊重麦迪逊、富兰克林等多数派一样。

美国20世纪联邦最高法院大法官霍尔姆斯被称为“伟大的异议者”，以宪法判决中的不同意见而闻名，并被后来宪法发展的事实证明其异议的正确，异议往往成为“预见”和“预言”。事实上，“伟大的异议者”之名也可以用在这三位异议者身上，他们是美国宪法历史上最早的异议者。从本质上看，美国宪法从一开始就存在不同意见，其核心精神之一也是“同意存在不同意见”。在宪法发展历史上，异议者扮演了重要角色，正是因为异议的存在，宪法才可以在一个一个的合法性质疑及其澄清中前行。当年的异议者之一梅森曾经这样表达他反对宪法的理由：“宪法列举的联邦议会权力，最后一条含义广泛，会被议会自己加以解释，……联邦议会则会把权力延伸到他们认为适宜的一切领域……。”(见《辩论：美国制宪会议记录》中译本第695—696页。)今天，当我们读起他的异议，再对照宪法发展轨迹，特别是19世纪末以来联邦权力不断扩张的实际，谁又能说他是“反对无理”抑或“杞人忧天”呢？

我特别注意到，宪法中心一楼大厅的墙上镶嵌着两行醒目的文字："One country, one Constitution, one destiny"和"The people themselves must be the ultimate makers of their own Constitution"，分别出自曾经担任三届国务卿的丹尼尔·韦伯斯特先生(Daniel Webster, 1782－1852)和第26任总统西奥多·罗斯福先生(Theodore Roosevelt, 1858－1919)。这两句名人名言影响深远，广泛流传，也是对美国宪法的历史写照。确实，美国与宪法是两个同一位阶上的概念，美国是建立在宪法之上的国家，宪法是美国的立国之本，或者说，美国本身就是一个"宪法共同体"，国家的命运即是宪法的命运，反之亦然。人民通过宪法创设的政府机构在宪政进程中发挥着重要作用，而宪政事业的根本推动者和最终决定者是人民自己，即美国宪法开篇的第一句"我们人民"(We the people)。

走出国家宪法中心，时间已近黄昏，夕阳给中心的建筑蒙上了一层金黄色，我想起中国古人的诗句：莫道桑榆晚，为霞尚满天。

探亲篇

流泪的自由鸟

我一直相信，一定是上苍听见了我的祈祷，所以才成全了我来美国伊大访学的心愿，让我离在加拿大多伦多市读大学的女儿这么近。

过去的18年，女儿是我生活的重心。看着她从一个牙牙学语的孩童成长为一个知识青年，我非常骄傲，其间的辛劳都化作了欣慰。在我眼里，她是上苍给予我的珍贵恩赐，人世间有什么样的财富能够比得上女儿带给我的巨大满足？她的蕙质兰心、善解人意时时让我感动，也让我感慨生命的神奇。作家三毛在《倾城》一书中说：没有孩子的女人是特别受祝福的。养一个小人，没有问题。为这份爱，担一生一世的心，担不起。她说得对，每个有孩子的女人都会为自己的孩子“担一生一世的心”，但这样的担心又何尝不是一种幸福。

女儿读高三的时候，我跟许多家长一样，在她所读中学附近租了房子，陪她一起备战高考。那是紧张而又愉快的一年。每天吃饭或者散步的时候，我跟她都能聊一会儿天，天南地北、海阔天空，话题各种各样，学习、生活、社会、诗词、名人、历史……，谈得十分投机，好象总有说不完的话，我们可以算得上是那种彼此欣赏、惺惺相惜的知音型母女。

我希望她能够在国内读大学，这样我们可以经常见面，可她选择去加拿大读书，态度相当坚决，最后我还是尊重了她的决定。她收到录取通知书的时候，我申请的伊大项目还没有着落，我用尺子在地图上量着从芝加哥到多伦多的距离，发现跟南京到北京差不多远，心中大喜：要是伊大接受我，那该多好啊！我跟女儿说，如果此番我的申请能够成功，那就是“开天辟地、从古至今第一件称心如意的事情”！女儿也这样认为。果然，天遂人愿。

女儿跨出国门的那一刻，心里特别高兴，感觉自己就像一只鸟儿出了笼子，自由地朝着外面的世界飞去。大学生活的多姿多彩，让她快乐地投入其中，一向对自己要求严格的她，丝毫不敢放松自己的学业，总是力争上游，为此，她拿出了高考的劲头，用她的话说：学得很苦，但是很 High。

2008 年 12 月 1 日，我通过 Skype 跟她视频见面，她竟然哭了，这可是她出国后第一次在我“面前”流泪。我紧张起来，忙问她出了什么事情。原来，有一门功课没有考好，成绩不理想，她非常难过，一下子非常想家，想跟我聊聊。她特别怀念跟我住在校外出租房的日子，觉得那是特别宝贵的时光，当时她并不觉得应该珍惜，现在竟然一去不复返了，再也没有那样的时光了，不禁悲从中来。她告诉我，有时跟同学在一起聊天，经常会在脑海里有这样一个闪念：要是能跟我妈妈谈谈多好。哪怕是就一些小事说说看法，即便是一首诗、一首歌，能跟她谈谈，该多好！有时跟同学谈到许多事，她们觉得很奇怪，为什么许多事情我会知道了。原来，都是我妈妈以前跟我说过的。可能当时你说的时候，我并没有多么在意，但事实上，我都记住了，在脑子里，需要的时候，就都想起来了。

我安慰她说，不要这样儿女情长的，我们可都是女强人哦！是的，彼时彼地——那个时间那个地点也许是不再有了，但我们以后还会有另外的时间和地点可以在一起谈话，只不过换了时空。马上圣诞节放假我就可以飞过去看你了，我相信是有很多机会的，事在人为，凡事都有可能的，关键是我们要珍惜机会，就像你现在一样，珍惜所有的机会和时间，不放弃什么，这是最重要的。我很高兴，你现在已经懂得珍惜很多东西了。

我旧话重提：当初我希望你在国内读书，最好就读南大，每个周末都能回家，可你说，人与人有时只能相伴人生的一个阶段，言下之意，你想自由，不受束缚。听到我这样说，女儿马上答道：啊，我竟然说过这样没心没肺的话？我说，这也不是什么不好的话，我跟你一样大的时候，也渴望飞到外面去，自由自在的，脱离父母的管教，可是年龄越大，就越留恋跟父母在一起的日子。女儿好像听懂了我的话，我想，无论如何，她不会再懵懵懂懂了。

校园漫步

2008 年 12 月 22 日，我飞到多伦多，跟女儿团聚。

女儿为我安排的来加活动清单中，第一项是陪我游览她的校园。女儿兴致勃勃，带着我参观图书馆、教室、学生活动中心，告诉我她经常看书时坐的位置，观看介绍校史的图片和文字，细细地向我叙说她半年来的学习生活情况，生怕遗漏了其中有意思的细节和场景。显然，她已经进入了状态，并且非常开心。我很为她高兴。我对学校的总体印象是，规模不大，但很精致，设施齐备，功能全面。因为学校的留学生比较多，学校的治安也十分严密，“校园警察”不定时地在四周巡视，用安全、安静来描述校园环境，应该是准确的。

不过，女儿并不满足于现状。她申请大学二年级转到 downtown 校区去，而且专业也改为她更喜欢的数学。她的想法是：现在读的商科实用性比较强，理论方面的学习太少。大学应该注重基本理论的掌握和思维方式的训练，以后再往上念才有可能。而且，她发现目前给一年级学生上课的教授都是博士毕业，看看这些教授的学历背景，很少本科时是读商科的，他们绝大多数是文科学士，少数是理学学士。她据此认为，如果以后想当大学老师，本科应该念基础性的学科。当然，转专业也不是随随便便的事，必须符合一定的条件，比如高中阶段的成绩、大学一年级时的成绩、教授的推荐意见等，都是参考的因素。女儿自信满满地对我说：“你明年的现在再来加拿大，我会在 downtown 接待你！”那是我听到的最“爷们儿”的一句话，这样的豪情壮志，让我欣慰，我相信她能做到的。果然，她很快就收到了来自学校的确认通知，从 2009 年 9 月新学年开始，她将成为数学专业的学生。

女儿长大了，她的成熟几乎就是一瞬间的事，在我不知不觉中。来加国读大学之前，她的生活起居都是我们大人来照顾，父母为她安排所有的事情，只想让她专心读书。现在，她所有事情都自己去做，自己去决定，而且安排得井井有条。相比我 20 多年前刚上大学时的懵懵懂懂，她太有性格和主张了，她的角色转变过程极为迅速，很快适应了环境，对许多问题的认识不再浮于表面，而是相当深刻。也难怪，18 岁就远离父母到异国求学的孩子多半都是会“早当家”的，我的女儿也不例外。

异国家宴

裴林先生是我的中学同学，供职于加拿大一所顶尖级大学，对我的女儿十分照顾。得知我来多伦多，他热情地邀请我和女儿到他家做客，共度圣诞节，我非常感激。

我与裴兄是高中一年级时的同班同学，印象中的他是个学生模样，个子高高的，人瘦瘦的，成绩非常好，性格内向、腼腆，几乎不跟女生说话。一别近三十年，这次见到的他已是成熟、成功男士形象，举止大方，落落斯文又不失洒脱，谈笑间很有教授风度。裴兄的家是一栋三层独立别墅，相当气派。在加国，教授居住在高尚住宅区里的别墅，应该是寻常之事吧？呵，别误会，我这样说，其实是想比较一下教授待遇的中外差别，依我的经济实力，是住不上这样的大 House 的，真有点羡慕裴兄呢。

裴兄有一个幸福的家庭。妻子在一家销售公司上班，非常能干，是里里外外一把手的女强人型，女儿读大三，比我女儿大两岁，巧合的是，她俩是同一天生日即同月同日生，相差两年，也算是有缘之人。裴兄的父母从国内来和他们住在一起，看到二老精神很好，我很高兴，听见久违的乡音，我更觉亲切。裴伯伯十分健谈，跟我聊起家乡的建设和变化，聊起裴兄和我的同学们，等等，话题十分广泛。

裴兄和妻子忙了一大桌子菜，丰盛极了，是地道的家乡口味，我吃起来特别香。出国半年来，最不习惯的是饮食，怎么都吃不来西式快餐，平时偶尔自己做一点饭菜，却总感觉差了点味。我知道，这一方面是因为我的厨艺实在不精，另一方面也是因为一个人太孤单，吃什么好像都提不起胃口。此刻跟裴兄一家，还有他特意邀请的其他好友一起进餐，我十分开心。大家说说笑笑，其乐融融。对于我而言，裴兄的家宴不仅仅是一顿饭，而且还是家的温暖和亲人的慰藉。有人说，饮食是文化，真是有道理的。

晚餐过后，我们来到裴兄家的地下室。他把地下室改造成了一个卡拉 OK 厅，还专门装饰了一棵圣诞树，节日气氛颇为浓厚。裴兄的音响设备很先进，效果特别好。他准备的 CD 绝大多数都是一些老歌，我们那个时代的流行歌曲，现在的年轻人大多是不会唱的。最难忘的是，裴兄还准备了京剧样板戏的碟子，我们这一代人是听着样板戏长大的，自然是会唱的，于是，裴兄、他妻子和我三个人一起合作了《沙家浜》中的“智斗”一段，我唱得很投入，感觉真的回到了小时候。

湖面天光

加拿大的安大略湖美不胜收，这里单说一幕令我印象深刻的“湖面天光”。

那日，女儿陪我参观加拿大国家电视塔（CN Tower），据说这是当时全世界第一高塔，矗立在安大略湖的南岸，是来加旅游不可忽略和错过的景点。电视塔确实壮观，单是高度就让人叹服，553.33 米，这样的建筑其难度可以想象，说其雄伟、壮观丝毫不夸张。不过，对于有恐高症的我来说，游塔的乐趣少了许多，比如，在一处可以透过玻璃往下看的观景点，我就没敢往下看，没办法，实在是害怕超过了好奇，再刺激的景致也只好放弃和错过。女儿自信地蹲在玻璃上，浑然不觉我所感到的恐惧，满脸笑容地面对我的摄像机镜头。

到了塔顶，境况全然不同。我和女儿买票进入了正在营业的塔顶旋转餐厅，能够坐下来从容地欣赏着四周的环境。除底部外，餐厅的其他侧面都是全玻璃钢设计，十分敞亮通透，客人可以坐在椅子上观看暴露在眼前的景致。来这里就餐的外国人很多，显然，吃饭是次要的，看景是主要的，大家都是奔着观光来的。餐厅旋转的速度很慢，不至于使得客人产生眩晕，在不知不觉中，餐厅已经转了 360 度，整个多伦多市一览无余地尽收客人眼底。真是聪明的设计。这样的“居高临下”没有任何风险，也无需提心吊胆。

每转到一处，女儿就给我介绍能够看到的景物的名字和相关信息，银行和大公司的建筑都相当气魄，它们的标志非常醒目。因为是个阴天，要看清楚具体的文字还是有困难的。大约到了中午时分，天逐渐放晴了，云层中透出阳光，直射在安大略湖上，湖面一下子有了生气，湖水似乎也被唤醒，泛起阵阵涟漪。起初，我并没有太留意，等又转过一周再面对的时候，却惊异不已：那云中射出的阳光，成一团团集束状，相当规整，照在湖面形成一圈圈光亮的水泉，湖水被光束照到的部分与没有照到的部分截然不同，像是有某种默契，湖水随阳光的移动变化着潋滟波光，又时时保持着与光束相对应的形态。这一幕神奇、美妙、圣洁，天地之间（更准确地说是天湖之间）竟然有如此光影变幻，着实是大自然的造化。

我想起话剧舞台。演员上台之前，舞台的灯光从四周亮起，特别是来自舞台上端的圆形筒灯，打在舞台上，形成几个约莫 1—2 平方米的光圈，演员就站在里面表演。此刻云层透出的太阳光正有同样的效果，似乎是在为即将上演的话剧铺设舞台，只不过演员是湖水。想着想着，我有些出神：这是怎么样的光景啊！

或许，美景总在不经意间显现，正所谓不期而遇，教人惊喜交集。我正不知该如何形容这样的景象，女儿说：像不像“天光”？果然，天光这个词再恰当贴切不过了，真真是极好的！

最疯狂的事

2009 年 1 月 1 日凌晨，我和女儿来到安大略湖边观看日出，在湖面上第一缕阳光的照耀下，迎接新年的到来。那是我 2008 年寒假访问加拿大期间做过的最疯狂的事情。

前一天即 2008 年 12 月 31 日的下午，我们就开始了计划中的系列迎新活动。先到商业区购物，再看连场电影，接近零点时，赶到市中心的青年广场，观看焰火和表演，跟着拥挤的人群一起聆听新年钟声，过后坐上老旧的城市街车，从起点坐到终点、再从终点坐回起点，来回往返消磨时间，快到 4 点的时候，到街边一家咖啡店休息吃早饭，5 点，离开咖啡厅徒步走向安大略湖。

天气很冷，湖边的积雪没过了脚踝，路灯时明时暗，在视线所能触及的范围内，就我和女儿两个人。我的羽绒大衣终于派上了用场，不过其厚度还是不足以完全抵抗这样的寒冷，腿和脚麻木了，人感觉像是在冰里，只有透过口罩呼出的热气有一丝暖意。女儿比我穿得少，却似乎并不觉得太冷，看来，还是年轻好，火力旺，不怕冷。气温真的太低了，我随身携带的索尼摄像机竟然冻着了，启动不了，显示出从未有过的不适合工作状态。我把它揣在怀里，直接贴着羽绒大衣下面的羊毛衫，希望能够借助体温把它捂热，试了几次都无果，它横竖是“熄火了”，怎么救都没有用。看来，关键时刻机器是靠不住的，人要比机器耐抗。我和女儿相互鼓着劲，边走边聊，两行脚印深深留在了后面。

看到湖上日出的那一刹那，我们十分激动。更准确地说，我比女儿更激动，手舞足蹈，大声喊着：早上好，安大略湖！早上好，2009！安大略湖 2009 年第一天的日出，确实不同寻常，是我见过的最美妙、最特别的日出景致，既绚丽、鲜亮，又静谧、安详，我被这美景感动，忘记了周遭的严寒和一夜的辛苦，满心欢喜地沐浴在阳光里，享受着大自然的恩赐。女儿的开心有一半是被我的开心所感染，她还是第一次看到我的真性情流露，全然没有了拘束和顾忌，投入地说笑，她欢喜着我的欢喜，用手机为我拍下了几张照片。

就我而言，此次看日出有一种朝圣者的心态，再冷也要走向目的地。那家咖啡店的伙计是一位来自中国东北的小伙子，知道我们的来历后，十分惊讶。他说，他是第一次碰到专门观看日出而彻夜不眠的母女，这么冷的天值得吗？要是阴天没有日出岂不是白辛苦一场？他的善意我自然理解，也很感谢，却不会改变我们的方向。

女儿对我说，你真像个高中生，这么幼稚，这么疯狂。哈，她才刚进大学，就把高中生的符号用到了我身上。我很高兴她这样评论，说明我还没有太老，但愿我能够永远跟高中生一样，有梦想，有热情，即便偶尔很疯狂。

街头集会

“可遇不可求”大抵是中文世界里对于机会一词的最精妙表达。

2009 年 1 月 2 日上午，我来到多伦多市中心，准备参观多伦多大学法学院，却意外地碰上了一次街头集会。只见市中心的十字路口(Bloor 街和 Queens Park 的交叉处)，人头攒动，声势浩大，非常热闹，我立刻改变了原计划，以最快速度奔到了现场。

一看才知道，是一个巴勒斯坦组织召集了这次集会，主题为加沙地区的战争与和平问题。大约有 200 人聚集在一起，以年轻人居多，穿戴各异，男女皆有，以标志性的阿拉伯人衣装占多数，看得出，即便在加拿大，这些人也多半是“外国人”。标语牌、旗帜、传单等等，所有用于公共宣传的媒介几乎都用上了，有两位领导者，一位男性、一位女性，轮流用扩音器大声宣读声明之类的文字，带头喊着口号。听到最多的口号是抗议美国政府、声讨小布什总统。人群四周全是警察，有骑马的、有骑自行车的、有开着警车的，他们的职责显然是在维护集会的秩序。

这是很有意思的场面：在加拿大的街头，发生着抗议美国的集会，主角是来自阿拉伯世界的人。加拿大和美国是邻邦，也是友邦，几乎在所有的重要国际问题上，加拿大的立场都与美国无异，尝有“加拿大是美国的第五十一个州”的戏谑之语，她们的亲密关系，“地球人都知道”。加拿大政府允许这样的集会在本国举行，确实让我觉得难以找到理由，不过，或许是加拿大政府找不到拒绝批准这一集会的理由，无论如何，按照经典的言论自由原理，政府只能规制集会举行的时间、地点，而不能规制集会的内容。若照此推断，这样的集会发生在加拿大也不是什么奇怪的事情。

如此关注这样的活动，并不是爱热闹，而是专业使然，集会、游行、示威，是公民的基本权利和自由。来美国访问后，一直想拍一些集会的影像，用做教学和研究之资料。在这个以言论自由受到最高程度保护而著称的国家，空气中几乎随时都弥漫着公共论坛的气息，可惜我没有碰上，每次都是在事后得知，主要是从伊大的学生报纸看到，在哪条街上发生了什么团体的游行，过了段日子，又在哪里举行了一个游行，团体是五花八门，什么都有。没想到，一到加拿大就赶上了一场集会，这个机会真是太难得了，所以我就连续拍摄了照片和录像。无奈，我的索尼摄像机总在关键时候撂挑子：空间满了。再拍也不可能了，我就赶回住处，把摄像机里面的空间倒出来再赶回来，想接着拍，没想到，当我赶到现场时，集会的人群已经散去，一切都恢复了原样，秩序、喧闹、行人来往，车辆穿梭，好象从来没有发生过什么集会一样。确实，在公共空间发表言论的时间和地点是要受到限制的。

大瀑布

来加拿大,尼亚加拉大瀑布(Niagara Falls)是必看景点之一,我自然不想错过。

到了那里才发现,看景的时节不对。一月是加国最冷的日子,气温普遍在摄氏零下15度左右,可谓冰天雪地,瀑布不再是流动的水的艺术,已经变成了凝固的冰的世界。不过,这样的瀑布倒也别致,粗略望一下,瀑布区凡是有水的地方大都冻成了冰,与四周的雪景很是相称,可谓相映成趣。不远处的美加跨国大桥,依然间或有汽车往返,只是不见游人。

我寻到了瀑布的源头,那是一片平整的水域,位置最高,水域似乎下面是有泉眼的,不断有水冒出,仍然是流动的状态,温度应该在零度以上。我记起"为有源头活水来"的句子,古人确是极智慧的,源头真是有活水!这一片水域与下面的河道之间有明显的高度差——于后者而言,前者的位置十分陡峻,这样的落差恰是形成瀑布的原因。"瀑布"之名在中文世界的解释是:从山壁上或河身突然降落的地方流下的水,远看好像挂着的白布。现在的情形是:由于气温太低,从源头流下的水直接跌落成瀑布的部分变小了,集中在整个水域的中间地带,而水域两端的水一流下,就不再是水,即刻变成了冰,看上去更像是"冰川",原本非常宽阔的瀑布窄了很多，由此形成了“冰川—瀑布—冰川”的独特景观。

眼前的一切让我想起去年在美国观看大瀑布的情景。那是十月里，我利用在纽约开会的空余时间，跟几位朋友一起去大瀑布观光。大瀑布流经的水域贯穿加拿大、美国，因而成为两国共同享有的资源，凡游览大瀑布的游船，都必须同时悬挂加、美两国国旗。因为是秋天，温度适中，瀑布显示出常温下的壮丽景象，气势宏大，令人心旷神怡，也慨叹大自然的神奇和恩赐。据说，能够碰到瀑布之上出现彩虹，是很难得的景致，会给看到的人带来好运气的，我们正好赶巧了，看见了彩虹，太漂亮了！那是一种赏心悦目的色彩和形状，我虽不全信所谓好运之说，也希望真的能够顺利。

游轮停泊在横跨美、加两国的大桥下面，游客需要从大桥上乘坐电梯下到游轮停靠的岸边。我才知道，加拿大和美国离得如此近，彼此之间只横亘了一座桥，桥的这一端是美，那一端是加，想到我跟在加国读书的女儿此刻也只有一座桥的距离，心中不免激动起来，充满了对于相聚的期待。从游轮回到桥面上，我们几个朋友特别合影留念，当然，是在美国这段桥面上。

尝有游人比较美国瀑布、加国瀑布孰美，观点各异。我想，我是没有发言权的，因为我没有在同一个季节同时游览两处，很难做出判断，以冬季的加国瀑布与秋季的美国瀑布相较，是不恰当的。如果硬要得出什么结论，我只能说，秋季的美国瀑布比冬季的加国瀑布更美，因为冬日的加国瀑布不再是瀑布，而是“冰布”。呵，冰布，何尝不是“另类美景”呢。

税收与福利

加拿大的商业中心的风格跟美国差不多，商品种类、花样等也很相近，略微不同之处在于，加国的商品包装上有英、法两种文字的说明，美国的通常只有英文。要说最大的差异，应该是加国的税率高，同样一件物品，在美国的伊州购买，要比在多伦多购买的价格低不少。我对女儿说，还是美国的东西便宜，加拿大消费水平太高。女儿说，税是高了点，但是福利很好，还是合理的。

她说得有道理。一位美国宪法学者写过一本书，名字叫《为什么民主依赖于税》，颇受好评。事实上，不仅民主依赖于税，还有其他许多事业都离不开税，福利就是其中之一。税收是政府或者国家最古老的功能之一，曾经被认为是政府天经地义的权力，但是，自美国独立战争喊出了“无代表，不纳税”的口号后，税收的正当性（严格地说，是税收的程序正当性）成了应该讨论或必须讨论的问题，甚至是革命的理由。这意味着，政府的税收权力必须获得人民的同意——人民委托自己的代表在代议制机构中表达意愿，就税收立法（以及其他所有事项的立法）进行商谈、辩论，最终达成妥协和共识，从而形成税收法律，以约束人民的纳税行为，纳税成为每个公民的法律义务。这里的问题是，受到人民委托的代表必须是经过人民的投票选举产生的，只有这样，代表们才能真正代表人民的利益，才不至于使得税收立法成为政府横征暴敛的手段，因为，如果确立那样的税法，立法的代表们就会被人民选下去，正是在人民与代表之间形成了控制关系，代表的行为才不会偏离人民的利益。所以，不能够简单地把“无代表，不纳税”的口号转换成“有代表，即纳税”，关键还是要看代表是不是由人民真正选举出来的，否则，即便名义上是代表，也未必能够切实代表人民的利益。

税收正当还只是问题的一个方面，问题的另外一个方面是：政府征收税款之后的用途也必须正当，这就是人民通过代表对于政府财政的控制。具体来说，通过税收获得的收入是政府财政收入的主体，政府怎么用这些钱，也必须要由人民说了算。政府每年的支出必须提前编制财政预算，预算要由代议制机构通过。通常认为“议会掌握着钱袋子”，就是这个意思。总之，政府作为公共管理者，其活动需要有经费来源和支持，但是，政府不能随便花钱。特别是，花钱的额度、比例、用途等必须说清楚。对于代表人民利益的代议制机构来说，政府把钱花在公民福利上是可以接受的，因为对人民有利。只是有一样：人民要想从政府那里得到高福利，就必须承受高税率。在真正实现了“取之于民、用之于民”的税收体制下，政府可以为人民做多少有利的事情，取决于人民交了多少税，人民不能指望从政府那里获得很多的好处而交很少的税，因此，人民对于福利的期待是与其税收负担相平衡的，“高税收”才能“高福利”。

高税收—高福利，也是加国政府的社会治理方式之一。事实证明，这样的治理是有效的，一个显而易见的证据是，希望来加国的人越来越多。据统计，加国是接受外来移民数量最多的国家之一，反过来看，加国人希望移民他国的却很少。

如果你真的信

在加拿大，女儿跟我讨论最多的问题之一就是宗教。

信不信上帝，其实是一个很私人的问题。当然也有学者将其提升到认识论高度，比如，法国思想家帕斯卡尔就曾经从概率论的角度进行讨论（见其著作 *The Wager*，中文译名《赌注》），并得出结论：信，比不信好。他将信上帝、不信上帝跟上帝存在、上帝不存在排列组合成四种不同的情形，分别讨论信与不信所对应的结果，大意是：如果你信仰上帝，假如上帝不存在，你也没有什么损失，但是，假如上帝存在，那么你能够获得保佑；如果你不信仰上帝，假如上帝不存在，那么你没有什么损失，但是，假如上帝存在，那么你不会被保佑。在他看来，即便是为了慎重起见，也还是应该相信上帝，不管上帝是不是存在。

帕斯卡尔的推论多少带有思辩演绎的成分，当然也不乏功利意义上的合理性。不过，如果人们纯粹从功利的角度去信上帝，则可能将信仰视作某种为己所用的工具：当需要的时候，就说是听从上帝的召唤，无论自己的行为是否符合教义；当不需要的时候，就可以把上帝的教诲放在一边。这样的信仰显然是不足取的。

宗教信仰是每个人的精神自由。我尊重有宗教信仰的人，一直在观念中对基督徒有种敬畏，相信他们的灵魂必定圣洁、行为必定高尚、待人必定宽厚，信仰上帝的人难道还会差吗？不过，有时很难理解一些人的言行，又让我的敬畏多少有些犹疑。仔细想来，这几年的生活中，也间或碰到过几个自称信基督的人，从他们的言行，我实在很难把他们和基督徒联系在一起，怎么也看不出他们有基督徒的美德。当我把某个人的行为与其信仰“配搭”的时候，我常常会惊诧：天呐，这个人信上帝！？

我对女儿说，你信点什么，你才可能对自己有约束，才可能不去做妄事，因为你知道，如果那样做，你会受到自己良知的谴责，会不安，会受到精神上的惩罚，所以，你就会对自己和他人有责任心；相反，你可以不受任何控制和约束，就可能为所欲为。如果你手中恰巧握有司法权力，你就可能枉法裁判、草菅人命，这或许可以解释为什么在大陪审团成员中，绝大多数都是有宗教信仰的人。不仅如此，宗教信仰应该是一个人精神上的归属，而绝不是逃避责任的借口。每个人都必须面对自己现世的人生，对自己、亲人、朋友、社会、国家有所担当，很难想象，一个不爱自己父母的人，会去爱上帝，去爱他人。

最重要的一点，我提醒女儿：如果你信什么宗教，你应该真诚地去对待，如果你真的信上帝，就必须以上帝的意旨来约束自己，不要让人觉得你是个“假基督徒”，那是我最不愿意看到的。

欢迎回来

2009 年 1 月 12 日，我从多伦多飞往芝加哥。在机场入境时，我递上护照，玻璃窗里面的官员问我：为什么来美国？估计他还没有看我护照的具体内容，就问了这个对所有入境者都要问的千篇一律的问题，我说，我是伊大的访问学者，他显然已经翻到了我护照上的美国签证页，马上对我说：欢迎回来。

欢迎回来，很普通的一句话，但就是这句简单的问候却让我感到温暖和安慰，也生出几多感慨。

去美国以前，我读了不少反映美国生活的书籍和文章，其中看到过这样的一个细节描写，说是美国出入境机构的官员会满面笑容地对所有出国回来的美国人说一句：欢迎回来。其大意是说美国人对自己的同胞很热情。没想到，对我这个外国人，他们也会说同样的话。其实，不管是在加拿大还是在美国，我都不是本国人，用“回来”这个词，着实有些牵强。无论官员是否有意，我还是被触动到了。在那么短短的一瞬间，我恍惚之中觉得时空错位，似乎有一种不期然而然的踏实感。中国成语中有所谓“宾至如归”之说，我想大抵就是这样的情形与感觉吧。

或许美国人也是非常重视“窗口行业”的形象的。记得还是在机场，那是 2009 年 6 月 18 日启程回国之日，在香槟机场，安检人员发现我带了那么多行李，就问我，你是要回中国吗？我说是的，她接着问：那么，什么时候回来？我说，我已经结束在伊大的访问时间，我想我还会再来的。她马上说：欢迎再次来香槟。

当然，我们也可以把这样的说辞看作是礼貌的客套，甚至是虚伪的假意应付。但是，如果所有的官员都是这样的"虚假"，那么，谁又能说这样的虚假不好呢？无论他们这样说是否是出于真情实意，或者只是因为礼貌，抑或是修养使然，可只要说了，至少让作为听者的你觉得自己是受尊重和欢迎的。

常常听到一种说法：西方国家很虚伪，只是追求表面的、形式上的民主，而没有实质上的民主，他们的自由和权利也是少数人的自由和权利。实际上，民主就是要构建一个对人民负责的政府，使得公权力匍匐在人民的脚下，使得官员真正成为人民的公仆，要求他们对权力的行使时刻怀有谦恭惶恐之心，所谓"战战兢兢，如履薄冰，如临深渊"。要做到这一点，人民必须可以通过选举等方式来控制政府，迫使政府为了人民的利益而存在和运作。人民与政府之间的信任关系以控制为前提或者条件：有了控制，才有信任；没有控制，就没有信任。事实证明，没有了民主的形式也就没有了民主的实质，当公权力不能够从根本上受到人民监督和控制的时候，它必然是任性的、恣意的、骄纵的，在一个"脸难看、门难进、事难办"的官僚体系中，你怎么可能感受到"实质性"的民主？

爷,再容俺半日吧(代后记)

“爷,再容俺半日吧!”这是我在本书写作过程中,经常对我的先生说的一句话。

2009 年 6 月 18 日,我结束在美国伊利诺伊大学香槟校区的访问研究回国,不久就向家人声言:我要把在美国的所见所闻、所思所想写下来,出一本书。但始终没有付诸行动。看着院子里的桂花开了又落、落了又开,我还是不曾动笔。这一蹉跎,过去了几个寒暑。

先生把我的话很是当真,时不常地问我:你的书写得怎么样了?我只好据实说,还没有开始。他有些失望,也不再多说什么。

其实先生非常在意。记得有一天,我从美国带回来的 1TB 移动硬盘突然坏了,我急得直流眼泪,美国一年的学习和研究资料全在里面,真是要了我的命!先生说:你活该,早就提醒你赶快写,你不听,现在看你怎么写。我很委屈,觉得自己已经很难过了,竟然从他那里得不到一点安慰,反而是责怪。太过分了!不过,事情没有结束,他马上联系自己一位做 IT 的工程师朋友,请他帮忙为我恢复硬盘里的数据,后来,数据恢复了 90%,我的心情一下舒展了。先生是一个做得比说得好的人。

时间是很奇怪的存在,岁月匆匆,会带走许多东西,而有些东西却不会在时光流逝中走远，反而会变得愈发清晰。香槟，对我来说，就是这样难以消褪的记忆，亦或是一份牵挂。起初，这样的感觉并不明显，直到有一日，在梦中似乎又回到香槟，自己竟然找不到了路，心中十分焦急，向人几番询问，也不得要领，那种失落与绝望让我心痛得惊醒过来。那一刻，我知道，我与香槟的这段情缘是无论如何也割不断、放不下了，我必须给自己一个交代。就这样，我开始一篇一篇地写，写作速度时快时慢。我跟先生谈起自己的写作进展，他说：我已经完全不对你抱希望了，说了这么多年也不见你的文字，可见你是没有长性的。我急了，就对他说：爷，再容俺半日吧！后来，这句话成了我的口头禅。

实际上，先生一直是容我的。可以说是宽容、包容，甚至是纵容。他容我的不优秀、不成功，至今还是个没有什么名气的小教授，也不指望我挣多少钱，他觉得学术不是为了稻粱谋，知识分子应该以思想为生，“坐而论道”。只是有一样，他要求我说话算话，既然夸下海口，就不能光说不练。

在我，被先生所容，是一种幸福。

实在是因为有他的纵容，我才对名利看得淡了又淡，在内心保留一丝清高，甚至是一种骄傲，不人云亦云，不随波逐流。从另外一个角度看，实在也是因他做了“俗人”——职场拼搏，在商言商，我才能免俗。衣食无忧的我，心无旁骛，只追求精神的富足，一直向前走，绝不朝两边看。

学术和学问，真是一种奢侈的存在。

仔细想来，世间万事万物，左不过一个“容”字。有容，则共生、共存；有容，则博大、慷慨；有容，则社会和谐、百业兴旺。政府之容，让民众得其所愿；民众之容，让政府修正其过，更不消说夫妻之容、父子之容、兄弟之容、朋友之容、同学之容……，容，成就了寻常巷陌的安宁、百姓人家的和美。

要说最难做到的容，或许是自己容自己。就我而言，在以论文、课题作为至上标准评判和考核一个教授优劣的当下，想写点跟这些标准不沾边的文字，是需要勇气的。我必须容自己不要挣扎在考核的标准线上，放自己一马，让灵魂得到修复和喘息；容自己不去想外在的评价，专注于内心的宁静与感受；容自己相信这些“什么都不算”的文字，能够带来满足和快乐。容，看似轻淡，却是不易。用科研指标体系来衡量，这本书很难算得上是学术成果，堪比所谓的私生子。那么，为什么几千年来，有那么多的人，什么都不顾，一定要生下没有名分的孩子？我想，那是因为爱，是跟爱相关联的，有的人甚至拚却一死，也要给这份爱以生命。

这也正是本书的理由和意义。

被容的人是幸福的，却难免因此而懈怠，我就是这样。总觉得日子还长，凡事都不用着急，可以慢慢来，直到为懈怠付出了沉重的代价，我才意识到自己的过失：容，是应该被珍惜的，不是应该被荒废的。

希望与我的父母分享我的经历和感受，是这本书的写作目的之一。没料到，书稿尚未完成，我的母亲因病离世了，我痛彻心骨，也懊恼万分：为什么没有在母亲健在的时候把书写出来？如今天人永隔，母亲再也看不到我的文字，听不到我的故事，我的书还有什么意义？悔恨日日折磨着我，我第一次感到，时间是有重量的，它沉甸甸的无情让我难以承受。

母亲出生在江苏省沭阳县一个破落的书香门第。祖上是从江西省迁徙来的，以耕读为业，诗礼传家。到了曾外公那一代，家道衰落，田产散尽，靠给人装裱字画和开私塾为生。外公也在私塾里教过书，抗日战争期间参加革命，解放后，外公就职于江苏省新沂县人民法院，后被怀疑有所谓的“历史问题”，调离法院降职留用，直至下放回沭阳老家，上世纪八十年代初获得平反。外公在新沂工作期间，一直把母亲带在身边读书，从小学到中学到卫校，母亲成为家族中第一位接受正规教育的女子，也是家族中第一代受过正规教育的职业女性。

我高中毕业离家去外地读大学之前，与母亲在一起生活的时间最长。母亲对我的教育十分严格，特别是在我幼年时期。后来母亲多次跟我说，自己年轻的时候，对孩子要求太严了，现在想起来觉得很对不住孩子。听到母亲这样说，我总是忍不住难过，亲娘啊！我请母亲不要说这样的话，能够得到母亲的教诲，是我的幸运，我感激母亲，觉得只有亲娘才能这样教养孩子，那是恩情。我相信，我身上所有令人喜欢的品质，一半来自父母的基因，一半来自父母从小对我的教养。

母亲非常欣赏我，是第一个称我为才女的人。那是我读高中二年级时，参加学校的作文比赛，以一篇题为《有志者事竟成》的作文获得年级一等奖第一名，母亲和父亲特别开心，母亲夸奖我是才女。关于那次获奖，还有个故事：我的作文是最后几篇被评阅老师读到的参赛作文之一，老师们阅读了绝大部分作文后，已经初步得出了一等奖的人选，直到他们读到了我的作文，发现比之前拟定的一等奖作文还好，尽管用词不是十分华美，但思路清晰、论证充分、语言简洁、文风朴实，更应该被评为一等奖。母亲说，有才华是不会被埋没的。我在作文上的能力要感谢我的哥哥，他指导了我上中学后的第一篇作文，那也是我第一次被老师表扬的作文，就此树立了我对语文学习的信心。后来父母把我的几篇作文订成了一个集子，送给姨妈家的表弟表妹作为范文学习。其实，我的智慧并不十分出众，也不具太多的才干，但在母亲眼里，我已是才华横溢的女子，令她骄傲的女儿。我知道，每逢她笑着对夸赞我的亲朋说“这是个傻丫头”的时候，其实是一种自谦，她的内心为我而满足。“孩子是自己的好”，母亲的言行是最适合用这句话来描述的。

母亲十分羡慕我，说我赶上了好时代，可以实现自己的理想和人生目标。母亲一生最大的遗憾就是没有读上大学。1950 年代末，母亲曾经考取了一所中医专科学校（大专），当时，她是一位妈妈考生，我的哥哥尚在襁褓之中，考虑到家庭的实际状况和负担以及其他因素，她最终读了所需费用和时间少得多的卫校（中专）。或许正是因为有这样的遗憾，母亲特别看重我的学业，从小到大，母亲教导最多的也是操心最多的就是我的学习，在母亲看来，受教育是最重要的，不能被忽略。不仅如此，母亲始终认为女孩子必须有自己的事业，不应该仅仅局限于在婚姻和家庭中的角色，她一直鼓励我不断进取，并和父亲尽最大的能力支持我、帮助我，也为我取得的每一个进步而高兴。记得我晋升教授那一年，母亲非常欣慰，连说我们家也出了个教授，那份喜悦和自豪溢于言表。我对母亲和父亲说，是我的运气好，上天是公平的，实在是因为你们年青时错过和失去了太多的机会，所以上天对我格外眷顾，把你们失去的都报偿在我的身上，让我的职业生涯一帆风顺。听我这样说，父母亲都说不全是运气，机遇只是一方面，更重要的是你的勤奋和努力。

是的，一分耕耘一分收获，这是母亲很早就教会我的道理。母亲更教会我克服困难、战胜挫折的勇气。母亲一生经历了不少政治运动，种种不公正的对待和风雨波折，夺去了曾经的风华和发展的空间，却从来没有动摇她坚守的内心和做人的原则。母亲是坚强的，也是坚韧的，面对苦难岁月，她始终不亢不卑，那是一种尊严，一种风骨。我想，这是母亲留给我的最珍贵的遗产。

母亲希望我有扎实的、独立的、自信的人生，她和父亲扶持和见证了我的成长。母亲说过我是上天给她的恩赐，母亲又何尝不是上天给我的恩赐！这一世为母女，是我的造化，母亲给了我全部的爱和关怀。寸草春晖，难报一二，我愿以本书告慰和纪念母亲，祈愿她的在天之灵安息；我也愿将本书献给我健在的父亲，期盼他老人家安康长寿，愉快从容。

也许，人世间的每一种情感都不可替代，幸运的是，我一直生活在爱我的人中间。

我的女儿是这本书的第一个读者和评论者。女儿求学期间一路读的都是数学，而且是在英语世界完成的，不过，这一点也不影响她的母语表达。女儿和我志趣相投（一对文学票友），心灵相通（不仅血脉相连）。我知道她的中文功底是很好的，又是我的知己，故毫不犹豫地邀请她为我写序，女儿果然堪当此任：她的序比我的书写得好。我很高兴也很感激。

女儿的文字是那种灵动的气质，大气又不失细腻，疏朗、清湛，还有几分小女生的任性，却富有朝气，甚是明快。更为重要的是，字里行间透出她的真情实感，这也是我最为欣赏和感动的地方。

确实，文字本身只是符号，只有感情才能赋予其生命。

一位著名作家曾经将其写作动机归结为发现和找到自我，我颇为认同，原本一切有价值的文字都首先在于愉悦自己——愉悦自己的灵魂。关注和描述个体生命对于这个世界的认知和领悟、对于时间和空间的感觉和感受，恰是文学的一种境界。我们每个人都曾经和正在经历着自己的人生，即便知道还有我们不知道的世界和我们自己，也无妨内心对真善美的渴望和追求。文字所应该表达的，正是这样的追求。

在这一点上，女儿和我颇有共识，并一直朝这个方向努力。

不仅如此，女儿还是我写作中的得力帮手。每每遇到有些用词拿捏不准的时候，我总是求助于女儿，她的寥寥数语，就能够让我豁然开朗，接着，文思如泉涌。她不厌其烦地通读了初稿和二稿，指出了不少语句和表意上的问题，并提出修改意见和建议。看到她欣赏和喜欢的段落，还会在旁边加以评点和批注，给我加油。女儿的批注，让我想起中学语文老师在我的作文本上用红笔画出的连续性圆圈圈，那是对我作文中精彩部分的赞赏，感觉备受鼓舞又格外温暖。我十分感念上天，给了我一位惺惺相惜的挚友。有女如此，夫复何求？

帮助我的，还有很多朋友。

2008 年初我申请弗里曼项目过程中，得到了不少师友来自不同方面的指导和帮助，除在文中提及的任东来教授和蒋大兴教授，还有范健教授、叶金强教授、张千帆教授、杨解君教授、胡敏洁教授、张仁善教授、董新凯教授、周义安书记、曹明老师、陈晓宁老师、王文宇教授、蔡丹丹老师、桂舒女士等，感谢他们的无私付出。

我的弗里曼同事们，李美华、王凤、王燕、韩圣龙、王牧华、王学东、杨鹏（书中使用了他们的英文名），给了我极大的信任和鼓励，真诚地支持我的写作。我们都是来自国内的不同高等学校，能够在大洋彼岸的美国共事一年，是一种缘分，令人珍惜。回想与他们在一起的美好时光，感到特别温馨。书不尽言，言不尽意，语言终是肤浅，加之我力有不逮，拙笔所能记述的只是片段，远不是全部。如今，香槟已经成为大家的集体记忆和彼此的牵挂。让我向上述伙伴表达我诚挚的谢意：有了你们，我的美国之旅充满了正能量；

有了你们，这本薄薄的小册子才有了厚重感。我的人生，真的因为你们而不同！

在这里，我要特别向我们的项目主管 Emily 和她的丈夫 Bob 表达我的歉意。2013 年 9 月，Emily 和 Bob 来中国旅行那段时间，正是我母亲病重期间，我往返于南京和徐州之间，尽自己的力量照顾她、陪伴她，每日里忧心忡忡、寝食难安，错过了与他们在中国相聚的机会，非常抱歉，也非常可惜。我还想说的是，我对他们的惦念始终都在。

这本书能够在素来心仪的上海三联书店出版，是我的荣幸，更离不开几位友人的倾力相助，我对此十分感激，亦甚为感动。

田雷教授让我最初与上海三联结缘。田教授是南京大学校友，我与他有师生之分，也有朋友之谊。多年来，他一直支持我的教学和研究，每有新著出版，必寄赠于我，从不间断。如今，他已成长为国内颇具学术影响力和号召力的学界新锐，仍然不忘“初心”，总在我需要的时候伸出援手。此次又蒙他主动引荐，使我有机会和本书的责任编辑之一、时任上海三联编辑中心主任的王笑红女士相识。

王笑红主任对书稿的充分肯定，让我信心倍增，也让我有知遇之感——虽说“一花一世界”，但在以作者名头的大小来推测作品出版价值的“流行风”下，我能够被上海三联看中，无异于“野百合也有春天”。况且王主任是 2015 年度上海出版新人奖获得者，真正才华横溢的业内翘楚，我相信她的判断应该是具专业水准的。这样说，并不是为了抬高自己，而是忍不住感慨：“春风满面皆朋友，欲觅知音难上难。”

责任编辑郑秀艳博士为本书的顺利出版付出了大量的心血和精力。郑老师接手书稿后，便以饱满的热情投入到工作中去，十分细致地跟我沟通各项相关事宜以及节奏进度安排，耐心地听取我对版式的意见和建议。她的信守、信任，让我体察到看似刻板的出版程式下的温度，她的责任心让我感受到一种令人尊敬的职业追求。我进一步判定，2016 年就是我的幸运之年——要知道，并不是在任何年头都能有幸连连得遇贵人的。

无论愿意与否，人人都是这个世界的匆匆过客。没有谁可以长生不老，我们都会输给时间，唯一输不掉的是我们的爱。有人说，“岁月极美，在于它必然的流逝。”其实，岁月极美，不止在于必然的流逝，更在于流逝的岁月所沉淀下来的爱。爱，超越时空，生生不已，绵延世代。

爱要表达。在本书即将面世之际，我想对我的亲人们、朋友们说：我爱你们，很爱。

赵娟

2016 年春于南京半山花园

图书在版编目(CIP)数据

香槟之城：一个弗里曼学者的美国记事/赵娟著. —上海：上海三联书店，2016. 10

ISBN 978-7-5426-5694-0

Ⅰ. ①香… Ⅱ. ①赵… Ⅲ. ①随笔—作品集—中国—当代 Ⅳ. ①I267. 1

中国版本图书馆 CIP 数据核字(2016)第 223916 号

香槟之城——一个弗里曼学者的美国记事

著　　者 / 赵　娟

责任编辑 / 王笑红　郑秀艳
装帧设计 / 汪要军
监　　制 / 李　敏
责任校对 / 张大伟

出版发行 / 上海三联书店
(201199)中国上海市都市路 4855 号 2 座 10 楼
网　　址 / www.sjpc1932.com
邮购电话 / 021-22895557
印　　刷 / 上海叶大印务发展有限公司

版　　次 / 2016 年 10 月第 1 版
印　　次 / 2016 年 10 月第 1 次印刷
开　　本 / 890×1240　1/32
字　　数 / 250 千字
印　　张 / 7.75
书　　号 / ISBN 978-7-5426-5694-0/I·1161
定　　价 / 38.00 元

敬启读者，如发现本书有印装质量问题，请与印刷厂联系 021-66019858